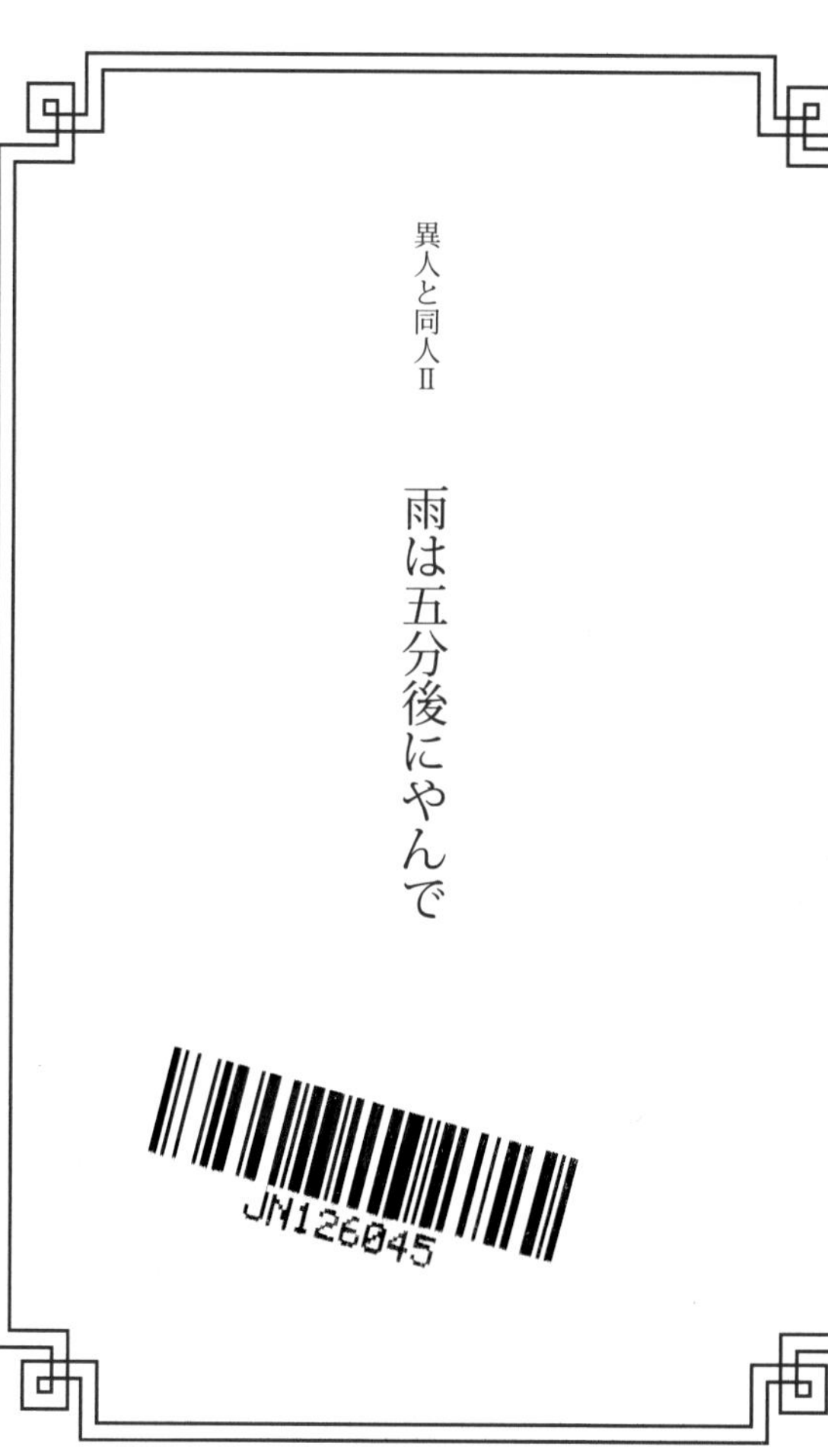

異人と同人Ⅱ

雨は五分後にやんで

JN126045

目次

And the rain stopped five minutes later.

by

Kamo Aso

Rikiya Imaizumi

Maho Okamoto

Miyuki Ono

Kotaro Kono

Fumitake Koga

Masafumi Goto

Ryosuke Konno

Suisui

Kumiko Takahashi

Hironobu Tanaka

Chiem

Yasuhiro Nagata

Momoka Noguchi

Hiroshi Hatano

Satoshi Yamashita

Hidesue Yamada

Takahiro Yamamoto

and

Yonakakun.

2021

あの僕の蒼を

浅生　鴨

『男はつらいよ』の新作が公開されると聞いてふと思った。もしも今、フーテンの寅さんが、いつものあの格好でその小さな街を、お互いがお互いのことをよく知っている、その小さな街を歩けば、不審者と呼ばれ、五分と経たないうちに通報され、SNSには写真が出回り、名前や経歴が晒され、たぶんもう二度と街に戻って来ることはないだろう。

知らないもの、わからないもの、見慣れないものを、そのままにしておくことに僕たちはあまりにも臆病になった。

世界を高い解像度で分析して、その一つ一つのドットをつぶさに観察し、あらゆることを詳細に知ろうとする。まるで何一つ知らないことがあってはいけないかのように、木の幹から始まり、根の先、葉先に溢れる一滴の雫に至るまで、どこまでも調べようとする。

多様性なんて言葉は溢れているものの、結局のところ、僕たちは巨大な様式の中に全てを入れようとしているだけで、大きな缶の中に、シナモン味とアーモンド味とハチミツ味のクッキーがあれば、そして、その隣にショートブレッドの一つでもあれば、それだけでもうここには多様性があるのだと安心して、お茶をのんびりと飲むことができるのだ。

多様性とはわからないものを認めることなのに、僕たちはわかっているものの種類を増やすことばかりを考え、わからないことに怯え、必要以上に恐れている。そして、それと同時にわかってもらえないことをも恐れている。

本当は、わかるなんてことは、たいしたことじゃない。わかるよりも、わからないのほうが、よっぽど大切なのだとみんな知っているはずなのに、歴史の中で多くの人たちが耐え、その中で様々な哲学を生み出してきた、わからないことの苦しさに、今の僕たちは耐えられない。そして、だからこそ、わかってもらえないことにも耐えられない。

そうして僕たちはネットに自分自身を放流する。それはまるでショーウインドウのガラスに囲まれた部屋の中で、何もかも見られるような暮らしを続けているようなもので、そこに住む僕たちは、ガラスの外から覗き込む人たちから指をさされ笑われないようにと、きれいに部屋を整えて、置物なんかを棚の上に飾り付けて、それはもう暮らすための部屋ではなく、見せるための部屋になっている。

　そこに個人はいるのだろうか。関係性の中でしか人は存在できないけれども、それでも何とかあらゆる関係性を断ち切ったときに残るものが、ようやく個人なのだとしたら、誰にもわかってもらえず、ただどこまでも孤立し続ける状態こそが本当の個人なのだとしたら、いま僕たちの中に明確な個人は存在するのだろうか。

　僕たちは全体からあっさり切り離されて、どこにもしっかりとした足場のないままの、弱く、脆く、不安定な自分というものを認める勇気がない。

　不安定な個人のままでいるよりも、自分自身を全体の一部だと考えれば楽だし、だから全体こそが守られるべきものだと考えるのは当然のことで、そこでは個人が個人でいることが許されない。本当は個人の集まりが社会や国家という全体なのに、今、僕たちの前にはまず全体がある。全体を守れ。全体が大事なのだ。全体こそがお前自身なのだ。

　朱に交われば赤くなるというけれども、どれほど朱い海の中を泳ごうとも、最後まで染まり切らずわずかに残る蒼こそが個人というものなのに、なぜか今僕たちは、みんなで寄ってたかってその残された蒼を朱く塗ろうとしている。それも悪意ではなく親切心で。個人を消し去ることが大切だと言わんばかりに、個人なんかでいては苦労するばかりなのだからというお節介な助言とともに。

たぶん今の僕に必要なのは、切り離されることだ。どこにもつながらないことだ。個人として孤立し、誰にも理解されないまま孤独の中に打ち震える時間を丁寧に持つことで、ようやく僕は、かつて持っていたはずの、あの僕の蒼を取り戻すことができる。

人に何かを伝えようというよりは、自分自身に向けた問答のような文章になってしまった。きっととてもわかりにくいだろうけれども、わかるよりも、わからないことのほうが大切なのだから、これでいいのだとも思う。

五分だけの太陽

高橋久美子

北のはずれに、太陽が一日のうち五分しか出ない村があった。その村に、マクランという少年が家族と一緒に住んでいた。マクランの村では、一日の大半を夜の中で暮らすので、人々の目は一等星のように大きく美しく進化していた。どの家も太陽の熱を貯蓄する熱倉庫を必ず持っていて、その熱を少しずつ灯りや暖房に変えて生活するのだった。しかし、最近の気候変動もあいまって気温は平均して氷点下を超え、真冬に入ると村は雪に覆われ外出することはおろか日常生活もままならなかった。

マクラン一家は三年ほど前に地下五階にあるマンションに引っ越した。地中の奥深くにもう一つの太陽、コアがあることが分かり、人々は地中の太陽めがけて次々とマンションを建てるようになったのだ。コアに近い、より深い場所へ住めば温かいことは分かっているけれど、地価が高騰している今は自力で熱を貯蓄するほかない。

マクランはいつものように、リヤカーに自分の腰ほどの大きさのある熱壺を五つ乗せた。

「マクランや、ほれ、もう一つ持って行ってくれるかい？」

おばあさんが熱倉庫からヒビの入った古い壺を取り出すと、リヤカーの隙間に押し込んできた。

「これはすぐ漏れてしまうから意味ないと思うけどなあ」

「そんなことないさ、少しでも溜めておかないと、もうすぐ真冬になるからねえ」

「そうだ、おばあさん毛糸を忘れないでね」

「あい、わかってますとも」

マクランはおばあさんにランプを渡すと、自分は慣れた手付きで玄関までの薄暗い坂道をリヤカーを引きながら歩いた。地上出口の辺りでは、分厚いオーバーとストールで全身を包んだ人たちが寒そうに体を寄せ合っている。皆それぞれに壺を準備しているが中には手ぶらの人もいる。最近は、熱屋から熱を買う人も増えてきているようだった。街灯の下、粉雪が舞い始めていた。

「やあ、マクランおはよう。昨日の話の続きだけどね、君思いついたかい？」

出たところで、隣に住むヤミーとばったり会った。ヤミーが妹の乗った車椅子を押して、妹が熱壺を乗せたカートを引っ張っている。

「ああ、一晩中考えたさ。風が木を揺らすだろう？　ときには嵐みたいな強さでね。その力を活かせないかと思ってるんだ」

三人は話しながら丘を目指した。

「さすがだね。それ前に本で読んだことがあったなあ。どこかの村でもやっているそうだよ。でも俺はもっとすごいぞ。俺の糞を発酵させて熱を作れないかと考えているんだ」

「ははは。臭そうな熱だなあ」

「いや、本気だぞ！」

車椅子に乗った妹が怪訝な顔でヤミーを睨みつけるので、それ以上の話をするのはやめになった。

こうして、毎日同じ時刻になると、人々は一番よく陽に当たれる場所へと移動した。丘の上や、屋根の上、木のてっぺん、はたまた海辺まで行くものもある。

三人は丘に登ると、壺の蓋を開けて並べた。それから、いつもの場所にマットをひいてヤミーの妹を降ろしたあと、自分たちもシートに黙って座り込んだ。無音という音は自分の血液が体内を巡る音なのだとマクランは毎朝ここで知る。寒さに耐えながらじっと無音を聞いていると、やがて地平線を乗り越え閃光が差し込み、風景に色がつきはじめた。もうすぐ太陽が来るぞ、来るぞ、来るぞ！　マクランとヤミーは立ち上がると両腕を空に向かって大きく広げる。妹も、犬も、猫も、近所の人たちも、みんなみんな一ミリだって太陽を逃さないように、待ち構える。

蕾の膨らむように顔を出した太陽は東の村を照らし、その光の先端は、すぐにマクランの指先へも頬へも届いた。朝日はものの三〇秒で夜だった世界を真っ白に剥ぎ取り、ヤミーの黄色い髪の毛を最も美しく見せた。三人は、神様を抱きしめるようにゆっくりと温かくなった空気を吸いこみ吐き出した。

一分すると太陽は雲のあたりにまで差し掛かった。公園には、マクランのおばあさんが並べた色とりどりの毛糸が見える。

「やあやあ、今日の太陽は極上じゃないか」

ヤミーがオーバーを脱ぎながら言った。

「本当だね。暑いくらいだもの」

マクランもセーターを脱いだ。

カルテットが演奏を始める。バイオリン奏者はマクランのお父さんだ。マクランが音楽に合わせて手拍子を始めると、みんな隣の人の手をとって踊りだした。丘の上はまるでカーニバルが始まったように、あちらこちらで歌声が響いた。

二分半が経つと、太陽は真上にやってきて世界中の生物を温めた。黄色やピンクの花々は花弁を広げ、木々は枝をうんと伸ばして光合成をした。小鳥は歌い、木々に集い遊んだ。土の中からは太陽虫が一斉に飛び出し、その羽根が光を浴びてきらきらと輝いている。ずっと昔、おばあさんの若い頃にはあったという春というのになったようだ。

皆、上半身を裸にするとシートの上に寝転がった。マクランの真上に太陽がやってきて、顔や胸や腹を溶かすように体の奥深く、内臓にもぬくもりが広がった。こうすることで病気を防げるのだと、おばあさんは言っていたけれど、それ以上にマクランは、得も言われぬ幸福を感じるのだった。まだ会ったことのない母さんのお腹の中にいるような懐かしく狂おしい感覚だ。目を閉じて、胎内に浮かんでいるのを想像する。憎らしいはずなのに太陽を浴びているといつも母さんのことが思い浮かんだ。

ヤミーが作ってきたサンドイッチを寝転がりながら一緒に食べる。ヤミーは妹の足を一生懸命にもんでやっている。

　三分半が過ぎ、やがて太陽は西に傾いていく。ヤミーの妹はこのくらいの時間になると少しだけ立つことができるようになった。太陽のお陰だとヤミーは言った。夕暮れが家々を黄昏に染めて太陽は最後の力を見せつけるように赤く赤く燃え上がる。毎日見ていてもマクランはこの時間になるとなぜだか涙がこぼれた。鳥たちがまた山へ戻っていき、太陽虫は一日分のエネルギーを補給して、静かに土の中へもぐった。

　四分半、カルテットは優しくおしまいの音楽を奏でる。太陽は山の裾野に隠れ始めた。妹を車椅子に座らせながらヤミーがいつになく真剣な顔で言った。

「なあ、マクラン。俺たち、この村を出ようと思っているんだ。船に乗って、遠く遠くの地に、一日のうちの半分も太陽が出ている街があるというんだ」

「ああ、僕も聞いたことがあるよ」

　母さんも、その街を目指してこの村を出ていったと聞いた。

「妹の足を治すにはもっと太陽の力がいるんだ。だから俺はこの村を出ようって決めたんだ」

だんだんと光のなくなっていく丘で、ヤミーの妹が、初めて口を開いた。

「私はここがいい。みんなといられたらそれでいいのに……」

「いいもんか。太陽を浴びた後の数時間だけは立っていられるんだ。きっともっともっと浴びれば一日中だって歩くことができるようになるさ」

マクランはできるだけいつもの声で答えた。

「ヤミー、君の選択は正しいと思うよ」

「マクラン、君も一緒に行かないか？」

少し考えてからマクランは首を横に振った。

「いいや、僕はここにいる」

太陽はすっかり沈んで、バイオリンの音もちょうど終わったところだった。マクランは急いで熱壺の蓋を閉じると、あつあつの壺をリヤカーに積み込んだ。また、ヤミーの美しい金髪も、妹の鳶色の目もモノクロになった。

「今日のおひさまは、とびきり気持ち良かったねえ」

「ほんとうにそうだねえ」

どこかの親子が嬉しそうに話している声が聞こえる。マクランの体からぽかぽかと湯気が上って、見渡すとあちらでもこちらでも湯気が立ち上っている。三人は黙って丘を降りた。

「おーい、マクラン」

後ろから声がして、バイオリンとランプを持った父さんがブーツで走ってきた。

「父さん、転ぶぞ。今日は最高の演奏だったね」

「ああ、いい日になりそうだなあ」

息を切らして、子供みたいに嬉しそうに父さんは言った。マンションの前で、ヤミーと妹に手を振った。この後どうせまた学校で会うんだけれど、その当たり前もじきに終わるのだと思うと、さっきまでの日常がとんでもなく愛おしく思えた。

家に帰るとおばあさんが、太陽を吸い込ませた毛糸でさっそくセーターを編んでいて、そこだけ陽だまりができていた。マクランは、さっき溜めたばかりの壺の熱を、倉庫に移した。ヒビ割れの壺から、柄杓で三杯ほど熱をすくって部屋の中に入れると、あっという間に部屋は温かくなり太陽の香りに包まれる。

「ああ、やっぱり取りたての太陽は新鮮であったかいねえ」

揺り椅子の上でおばあさんは目を閉じてうっとりしている。

ここじゃない村、国、星があるとしたら、マクランは見てみたいような気もした。より明るい場所を探して出ていった母さんや、ヤミーを羨ましくも思う。だけれど、ヤミーが誘ってくれたときマクランはこの先もこの村にいるのだろうと直感した。なぜだかわからない。おばあさんや父さんをこれ以上悲しませてはいけないと思ったからかもしれない。知らない世界が恐いだけかもしれない。明日も明後日も、熱壺を引いて丘に登る自分を想像した。別に嫌じゃない。いや、やっぱり弱虫なだけかもしれない。

「ほらマクラン、学校に遅れるよ」

おばあさんがテーブルにスープを並べる。

方々の家から「いってきまーす」の声が聞こえる。マクランは急いで朝食を食べると、薄暗い廊下を走った。

「五分マン」

by ゴトウマサフミ

ツーストローク

山本隆博
@SHARP_JP

突然、地蔵に話しかけられた。

「まともがわからないんだ」

「このご時世、嘘みたいな人たちが多いだろう？」

ぼくが生まれ育った家の町内にある、小さな祠に鎮座した地蔵だ。

生家の町内にある地蔵といえば、子供のころから慣れ親しんだといいたくもなるが、ぼくにかぎってはそうでもなかった。その地蔵は町内の中でも入りくんだ路地を抜けた先にあり、またその路地はぼくが生活で行き交ういつもの方向とは逆にあるせいで、ひんぱんに通りがかるというわけでもない。ぼくは小学校から遠くの学校へ通っていたせいもあり、近所で遊ぶということもあまりない少年だった。

ただ近所に小さな祠があって、地蔵がいる。その祠の場所も、地蔵の表情も、ぼくは正確に把握できた、という程度だ。不信心だろうか。だがぼくにはあの日、地蔵から唐突に話しかけられることに、心当たりがあった。心当たりというか、天罰というか。

高校を卒業し大学へ入学するまでの少し早い春、ぼくは二輪の免許を取った。その年ごろの青年によくある、自由を謳歌するための周到な準備だ。ただ二輪の免許といっても、いかにも獰猛で速そうなバイクでもなく、ただ移動のみを目的とした原付でもなく、ぼくは小型二輪という目立たない種類の免許を取った。排気量が１２５ccまでのバイクしか乗れない、中途半端な免許である。

理由は明確で、ぼくには乗りたいバイクがあったからだ。それはヨーロッパのスクーターで、スズメバチと呼ばれていた。古い映画の中でよく見かけるバイクだ。なぜだかぼくはそのころ、アメリカ西海岸のパンクロックに夢中で、そこでは六〇年代イギリスのモッズと呼ばれたカルチャーを音楽や生活に取り入れ、雑に楽しむ人たちがいたのだ。そのいいかげんさと洒脱さに憧れを抱いていたぼくは、だから少々回りくどいかたちで、アメリカで使役されるヨーロッパの旧車を日本の片隅で欲望したわけだ。そしてそのバイクが、ちょうど１２５ccだった。

バイクといえば、それしか考えられなかったぼくは、教習所の受付で中型でもなく原付でもなく、小型二輪という種別があることを知り、迷うことなくそちらを申し込んだ。大は小を兼ねるという判断を放棄する若者は少なかったようで、そのコースはほぼぼくだけで進められることになる。中型二輪も小型二輪も、免許取得に必要な授業数が変わらないことを知ったのは、教習がはじまってからだった。

もちろん免許と並行して、スズメバチを手に入れるべく、ぼくはアルバイトに精を出した。免許証を手にするころにバイクもやって来る、という都合のいいタイミングで金は貯まらなかったが、夏が来る前にぼくは、バイクを手に入れることができた。端から新車なんて買えるとは思っていなかったし、だから色だけは自分の好きなものにしようと、色とりどりの中古車から念入りに物色した末の買い物だった。

アイボリーと色調名がついたぼくのバイクはとうていピカピカとはいえなかったけど、もとより黄ばんだ白色がいかにもこなれた持ち主のようで、初心者であるぼくの不安をうまく隠してくれた。ぼくははじめて目の前にやってきたバイクに腰掛け、まずは近所の試乗が必要だと、浮かれた心を抑えながら思ったのだった。

その試乗でぼくはバイクを壊してしまう。試乗にはまず町内一周が最適であろうと、おそるおそる走り出したぼくは、最初の角をうまく曲がりきれずに、その先にいた地蔵に突っ込んでしまったのだ。バイクは古い車のせいで少し特殊な運転操作が必要なこともあり、案の定ぼくは操作を誤って、前輪を軽くウィリーさせながら小さな祠にぶつかった。

バイクを手に入れて五分、ぼくはそうそうに事故ったことになる。

おそるおそるの初運転だから、さほどスピードも出ていなかったし、祠に突っ込んだとはいえ、地蔵を傷つけることはなかった。バイクの前輪カバーがひしゃげただけである。だがその晩、ぼくは高熱を出した。布団の中で一晩中、うんうんと唸っていたような記憶がある。

だから翌日、今度はより一層の注意を払いながらバイクで祠の前を通り過ぎようとした時、地蔵に話しかけられても、ぼくは不思議と驚かなかった。むしろ反射的に、すみませんすみませんと口走ったほどだ。

「朝から数えて、狂った現実に目配せしたのは、君で三人目だね」

「そうですか。もしそれが人間としてまともなことなら、光栄なことです」

うしろめたい気持ちがあるから、ぼくの返答も自然とへりくだったものになる。

「ぼくはあなたに謝らなきゃいけないのです。ご存知でいらっしゃると思いますが」

「君のひきつった顔が迫ってくるのはなかなかの見ものだったよ」

「ほんとうにごめんなさい」ぼくはヘルメットごと頭を下げた。

「左手のギア操作に慣れていなくって。見ての通り古いバイクです。あの時がはじめての運転で」

ぼくはつい、言い訳を並べてしまう。地蔵は祠の格子の奥から、まるで透視するかのように、じっとぼくを見つめる。

「きのうの晩、君は発熱したことに因果関係を求めているのだろう？　発熱にはさまざまな要因がある。君がバイクで私にぶつかったのも原因だし、ぶつかったことを気にやむのも原因だ」

地蔵の声は地蔵らしく落ち着いていたけれど、ぼくをからかうようなところもあって、少し早口なところが意外だった。

「だけど人が私に迫ってくるのは新鮮だったね。地蔵は人の往来を眺めるのは得意だが、３Ｄのような飛び出しにはめっぽう弱い。地蔵は身動きできないのが身上だろう？」

「あの、なにかお詫びの品でもお供えさせてください」ぼくはふたたび頭を下げた。くすんだ赤いよだれかけが、視界に残った。

それから毎日、ぼくは地蔵と他愛もない言葉を交わすようになった。バイクに乗ったぼくは見てきた場所の話をし、地蔵はここで見てきた過去の話をすることが多かった。時間にすればほんの五分ほど、アイドリングさせたバイクに腰掛けたまま、ツーストロークエンジンのパタパタした音越しに、ぼくは地蔵の話を聞くのだった。

「見慣れた建物が壊されたとたん、元の建物をうまく思い出せなくなる」地蔵の声は子どものようでもあり、老人のようでもある。それも地蔵らしいとぼくはいつも思う。

「目の前の家がなくなり、次の家が建った時には、もう前の家の輪郭さえ忘れてしまうんだ。あれはなぜだろう」

「記憶は視覚で上書きされるからじゃないでしょうか」ぼくも思い当たるところがあり、しばらく考えた末に答える。たしかに声や音楽はいつでもありありと思い出せるのに、何年にもわたって毎日見かけた家でさえ、建て替えられると、どんな家だったか、にわかにおぼろげになる。

「ただここに佇むだけの私だが、手のひらを返すような忘却は、さすがに酷薄ではないかと思うよ」

一呼吸あって、地蔵は「いってらっしゃい」と続ける。会話の終了を示す合図だった。

地蔵は自分の話しかしなかった。退屈な大人の自慢話と違って、何百年間の定点観測がなせる話だから、単調さを感じることはない。地蔵の話はいつも、目の前の往来を見て彼が思索をめぐらせたことだったが、ぼくはさながら哲学者の弟子のように、祠の前でわずかな時間、バイクにまたがりながら、地蔵の話に耳を傾けた。古典を読むのは、こういう感じだろうかとぼくはバイクを走らせながら、地蔵の話を反芻する。

だから突然地蔵がしゃべらなくなっても、ぼくはまた驚くことはなかった。そのころにはすっかり大学生という生活を謳歌するようになったぼくは、行動範囲も交友範囲も格段にひろげていた。そしてぼくがバイクで訪れた先の世界と、地蔵がここで佇みながら見てきた世界に、たいした違いがないことを知っていた。少し寂しい気持ちはあったけど、それが自然なことのようにぼくには思えた。

地蔵がしゃべらなくなった今もぼくは、祠の手前の角を慎重に曲がる。地蔵の前を通る時はギアをニュートラルに入れ、いったん停止する。それからローのクラッチをゆっくり離し、するりするりと走り出すのだ。

昼の個室に座って

永田泰大

昼の会社のトイレはとても静かだ。個室の仄暗い空間にひとりで座っていると、だいたいのことは忘れていいんじゃないかと思えてしまう。とりわけ六階の奥の個室はいつも静かで居心地がいい。ほどよい狭さ、ほどよい暗さ、ほどよい孤独。トイレとは、こんなふうであってほしい。

ここが特別な理由はいくつかある。まず、フロアに応接室と倉庫しかない。利用する人はいるけれど常勤する人がいないから使用頻度が低い。誰かと出くわすことがあまりないし、備品はいつもたっぷりある。あと、これは六階に限らないけど、掃除が行き届いている。清潔さは居心地の基盤だ。

立地も影響していると思う。ビルの西隣は二階建ての古い印鑑屋で、その向こうは駐車場になっている。したがって六階のトイレの窓から空が見える。晴れた日はもちろん多少曇っていても、トイレにはもったいないくらいの光が入る。通りからも離れているから、窓を開けておいても騒音は届かない。かわりに適度に空気が行き来する。建物自体は古く築年数は五十年近くになるが、蛇口や便器は近代的なものに替えられていて使い勝手がいい。

会社は来月引っ越す予定になっている。建物自体に未練はないが、このトイレの居心地を失ってしまうのはけっこう残念だ。

個室に座ってぼんやり前方を見つめていると、扉の上下の隙間から差し込んでくる昼間の淡い光が特別な粒子のように感じられる。ここは広くて明るいトイレからさっくりと切り取られた薄い闇の直方体みたいだ。操縦桿があればきっとコクピットとして機能する。あるいは深海へ潜る潜水艇かもしれない。

そのとき、トイレのドアを開くキィという音がして、ぼくは我に返る。スマホで時間を確かめる。コツコツと足音が近づき、その人は隣の個室に入るかに思われたが、引き返して鏡のあたりで止まった。しばらく動く気配がない。

なにをしているのだろうとぼくは思った。手を洗うでも歯を磨くでもなくただそこにいる。トイレに来たのに用事がないのだろうか。まあ、単に時間を潰しているということかもしれないけれど、勤務中にそうする意味がよくわからない。

というのも、業務の性質上、うちの社員は仕事中に無駄に机を離れることがない。業務は簡単にいうと法的な書類を整えることの請け負いで、手を動かせば動かすほど会社への貢献が増えるから勤務中は常に集中して作業することが厳しく求められている。それは会社の伝統的な原則のようなもので、とりわけいまは3

月末の決算にそなえて発注が倍増している。誰ひとり、無駄に時間をつかっていい時期ではない。いや、そういう意味では、こうしてトイレの個室にひとりで座っているぼくの行動こそ非常識極まりないわけだが、断言するとこれははっきりと覚悟したうえでのことであり、大げさにいえば決行である。

今日、ぼくは午前十時五十分に席を立ち、階段をつかって六階までのぼり、誰とも顔を合わせないままこの個室に入った。ちいさな企てだが何日も前から周到に計画を練っていた。現状、便座に座っているというだけだが、これを冒険と呼ぶことだってできると思う。

逆さまに話すなら冒険の自覚があるからこそぼくはこうして個室に籠もって一応は排便を装っている。一方、鏡の前でぼんやり立っているその人は、なんというか危機感がなさすぎる。誰だか知らないけれど、その不用意な振る舞いに自分が準備した計画が台無しにされるような気がしてぼくは気が気ではなかった。

スマホの表示を見ると十時五十三分。いまのところ予定通りなのだ。ぼくはもぞもぞと便座の上で尻を動かす。

こうしてトイレの個室に座ってはいるが、もちろんぼくは体調が悪いわけではなく、便意もとくに感じていない。その証拠にぼくはいま、ズボンをはいたまま便座に座っている。じつは最初、個室にいるからにはズボンを下ろしたほうが自然かと思って脱いでみたのだが、ズボンを下ろして便座に座ると条件反射でてきめんに便意をもよおすことがわかった。目的は排便ではないのに便意が促されるとなんだかややこしいことになってしまうので、迷ったけれどズボンをはいて座り直したわけである。つけ加えるとズボンをはいたまま便座に座ると言いようのない背徳感がある。そういうことは実際にズボンをはいたまま便座に座ってみないとわからない。やはりこれは冒険であり、決行である。

鏡の前にいる誰かは相変わらずそこにいる。あんまり気配がないから、ひょっとしたらぼくの錯覚ですでにそこには誰もいないのかもしれないと思ったが、耳をそばだてていると微かに靴の擦る音がして、やはりまだそこに人がいるとわかった。ほんとになにをしているのだろう。たぶん、奥の個室にぼくがいることにも気づいていないのではないか。

そのまま様子をうかがっていると、その人が動きはじめた。といってもなにか行動に移ったわけではなく鏡の前をただうろうろしているという感じだ。本当に時間を潰しているだけなのかもしれない。

やがてその人は、トイレのドアの方に向かって歩きはじめた。そのとき、ぼくの脳裏に覚えのある人の像がふわりと立ち上がった。

キィ、と軽くドアが軋んで、その人は出ていった。

ぼくはそれが経理の川瀬さんだとわかった。

川瀬さんはぼくよりも五歳くらい年長で、人当たりのきつい経理チームのなかでいちばん物腰が柔らかい。落ちるかどうかわからない領収書を抱えているとき、ほとんどの社員はまず川瀬さんに相談にいく。申請した書類の誤記を指摘するときすら川瀬さんの口調は穏やかで、いつも専門用語をつかわずに説明してくれる。身長が百八十センチ以上あり、背中を丸めるようにしてパソコンに向かっている。

かつて川瀬さんはヘビースモーカーだったそうだ。いまの川瀬さんにはまったく喫煙のイメージはなく、しょっちゅうミントを噛んでいる。まえに法令遵守の研修プロジェクトで一緒になったとき、ミントについて聞いたら煙草をやめた口ざみしさで噛みはじめてそのまま習慣になったと言っていた。

さっき鏡の前の人がトイレから出ていったとき、プラスティックのケースの中でミントが転がるちいさな音がした。川瀬さんはシャツの胸のポケットにいつもそのミントのケースを入れていて、歩くたびちいさくカラカラと音がする。

川瀬さんはこんなところでいったいなにをしていたのだろう。あの人は勤務時間中にこんなところで時間を潰す人ではないはずだ。むろん、ぼくだってただ時間を潰しているわけではない。

かけておいたアラームが作動して、持っていたスマホがヴッと震えた。五分前だ。そう、ぼくが勤務を抜け出してここにいるのは、十一時から発売されるチケットを購入するためだ。たくさんのファンが長く待ち望んでいたコンサートのチケットで、たぶん発売開始と同時に申し込みが殺到するからチャンスは最初の数分だと思う。いろいろ調べたが、十一時ちょうどに手動で普通に申し込む以外に確かな方法はない。作業しやすい場所を吟味した結果、六階のトイレの個室でスマホから購入するのがいちばんいいとぼくは判断した。

スマホの画面に指を走らせ、チケット販売サイトのアプリを起ち上げてログインする。該当のページに進み、あとは押すだけという状態で待ち構える。ここはとくに何度もシミュレートしたところだ。

夕焼けキッチンが活動を再開すると知ったとき、ぼくはとても驚いた。椅子から立ち上がりそうになった。変な声が出た。血が引くような、その血がすぐまた逆流するような、笑い声と涙が同時に出るような、普段味わわない感覚が身体を駆け巡った。

大げさでなく、夕焼けキッチンは高校時代のぼくを支えた。『手品』を何回聴いたかわからない。『シンフォニー96』のイントロを聴くことでなんとか電車に乗ることができた。『森と街のバラッド』のライブバージョンは観客の声のひとつひとつまで再現できる。学年主任の先生と『夕焼けハリケーン』の話で盛り上がった。ロックフェスに出る彼らを追いかけてひとりで北海道まで行った。三ヵ月だけつきあったはじめての彼女は、夕焼けキッチンの新作告知イベントで知り合い、年越しライブの帰り道にごめんなさいと言われた。ほぼ全曲を覚えているけれどカラオケでは絶対に歌わない。いまもノートパソコンの裏に夕焼けステッカーを貼っている。ＳＮＳのアクセントカラーとか、ソーシャルゲームのアイコンとか、色を選ぶときはかならず夕焼け色のオレンジにしている。

夕焼けキッチンがなかったらいまのぼくの生活はない。ぎりぎりのところを救ってもらったと勝手に思っている。

四年前、ボーカルのエミが治療に入るため、グループの無期限活動停止が伝えられた。病名は明かされなかったが難病だといわれていた。最悪のこともすこしだけ覚悟した。去年、夕焼けキッチンの全アルバムがサブスク解禁になったとき、なにか新しいニュースが出るのではないかと期待したがコメントひとつ出なかった。

だから、急にコンサートが告知されたとき、信じられなかったんだよ。いまこうしてチケットを申し込めるというだけでふわふわした気分になる。なんとか買えますように、そこに立ち会えますように。先々週くらいからぼくはずっと今日のことを考えてきた。

しかし、あと三分というときにトイレのドアが開いて、また誰かが入ってきた。入ると同時にその人が「失礼します」と短く言ったので清掃係の高田さんだとわかった。高田さんは「たかだのおばちゃん」とみんなに呼ばれている。特徴のある丸いフレームの眼鏡をかけていて、いつも黄緑色のラインが入った清掃用のユニフォームを着ている。背は低いけれどきびきび働く。相当昔からこのビルの清掃係として働いていて、かなり社歴の古い社員たちでさえ「自分よりも前からいた」と口をそろえる。たかだのおばちゃんは、この古いビルに住んでいる妖精さんみたいだ。

数年前、複数の契約書が入った封筒がなくなる騒ぎがあった。どこを探しても見つからなくて担当社員が真っ青になった。シュレッダーのゴミ袋をひっくり返すかというところまで話が及んだとき、副社長がたかだのおばちゃんを呼び出した。おばちゃんは話を聞くとビルのゴミ捨て場に数人の社員を連れていってきびきびと指示を出し、あっさりとその封筒を見つけた。鰻丼をおごったと担当社員は言っていた。

六階のトイレに入ってきたたかだのおばちゃんは洗面台の下の棚をばたんと開けた。これから掃除がはじまるのなら、ここに座っているわけにはいかないのかもしれない。いや、しかし、いま動くわけにもいかない。たぶん掃除がはじまったとしても個室のなかにいる人を追い出したりはしなかったはずだ。いまはとにかく十一時に備えなくてはならない。

しゅっ、しゅっと、スプレーを噴射する音がする。シンクの消毒だろうか。だとするとそれは清掃の仕上げで、根本的な掃除はもう終わっているのかもしれない。たしかにこの個室は十分にきれいだ。トイレットペーパーの端も三角に折り込まれている。来月、会社が引っ越したら、たかだのおばちゃんはどうなるのだろう。

十一時まであと二分。時間が来たらまずページをリロードして販売ページを読み込む。リロードボタンは連打してはいけない。そのあたりはまとめページで学習した。切り離された直方体のコクピットのなかで、ぼくはスマホの画面に集中する。行きます、とぼくは身構える。

チケットの発売まで一分を切って、はっきりと速まる鼓動を感じながら頭のなかで購入の手順を組み立て直していたところ、またドアが開く気配がしたからぼくは正直勘弁してくれよと思った。いや、なにを勘弁するのかわからないけれど。入ってすぐに「あ、大丈夫ですか？」と言ったのはやはり川瀬さんで、たかだのおばちゃんは「大丈夫ですよー」といつもの調子で答えた。もうほとんど終わってるから、とおばちゃんは続けた。

そうですかと言いながら川瀬さんは入ってきたけれども、そこから奥へ進む感じではなくて、気まずそうに「でも、あのぅ、違うんです」とおばちゃんに言った。

「ん？」とおばちゃんは返した。

　そうだ、川瀬さんはここでいったいなにをしているんだ。

「連絡を待ってるんです」と川瀬さんは言ったが、そのときスマホのデジタル表示がついに十一時を示した。彼らのやり取りを追うよりも、ぼくには圧倒的に優先順位の高いことがある。

　ページをリロードする。データを読み込んでいることを示すちいさな円形のインジケータがぐるぐる回りはじめる。まずはここが第一関門だ。申し込みボタンが表示されないことにはどうしようもない。落ち着いて、待つ。落ち着いて、待て。

　画面の中央でちいさく回り続けるそれを見つめていると川瀬さんが「しばらくここにいていいですか？」と言った。たかだのおばちゃんは「いいよいいよ、だってトイレだよ」とかからから笑った。そりゃそうですねと川瀬さんも笑った。たしかにそうだ。

　来た。ページが来た。リロードできた。けっこう展開早い。スクロールする。八月二十三日の恵比寿スマッシュルーム。よし、それでよし。「この公演に申し込む」のボタンを押す。画面がグレーアウトし、「しばらくお待ちください」とメッセージが出る。ボタンは連打しない。落ち着け。待て。

「なんの連絡を待ってるの？」とおばちゃんが聞いた。川瀬さんは、あのぅ、と言ってしばらくことばを探し、ちょっと照れたように「今日、合格発表なんですよ、娘の」と言った。あらあらあらとおばちゃんが高い声で言った。

「大学？」「はい、芸術系の大学、美大なんですけど」

「あらあら、美大。絵の受験？」

「そうです。まあ、あのぅ、浪人していて」

あら、そうなの、とおばちゃんは言いながらしゅっとまたスプレーをどこかにかけた。

そういえば、川瀬さんの娘さんが美大を目指していると聞いたことがある。川瀬さん本人からではなく、誰かと受験の話をしていてその話になった。美大は二浪とか三浪とか当たり前だからたいへんだ、というような話だった。たしか東京藝術大学を目指していたはずだ。

受かるといいわねぇ、とおばちゃんはつぶやき、「でも大丈夫よ！」とすぐにつけ加えた。だといいんですけどねぇ、と川瀬さんが言った。

ぼくもぜんぜんレベルは違うけど今日の結果にかけている。画面にはまだ「しばらくお待ちください」と表示されている。焦ってはいけない。いまきっと多くの人がこの状態のはずだ。

「絵の受験は、たいへんなんでしょ?」とおばちゃんが言った。

「あのぅ、そうですね。うん、だから、三年までと決めてるんです」

「三年? 受験するのが?」

「そうです。去年だめだったので、今年が二年めで、来年が最後です」

「あらあら、そう。じゃあまだあと一年大丈夫なのね。あ、でも、大丈夫よ!」

「だといいんですけどねぇ、はははは」

会話を聴きながら念を送るようにスマホの画面を見つめていると、「しばらくお待ちください」の文字がすっと消えた。一瞬、間が空いて、新しいページに切り替わる。来た。

プルダウンメニューを操作し、ひとつひとつ入力していく。公演日時は、三日間のうちの初日を選ぶ。四年ぶりに幕が開く瞬間に居合わせたい。希望席種、一階スタンディング。希望枚数、一枚。決定ボタンを押す。

——しばらくお待ちください

またか。大丈夫だろうか。いや、まだ大丈夫なはずだ。でも、大丈夫だろうか。

「来月、引っ越しなのよね、会社」とたかだのおばちゃんが言った。

話が変わってすこしほっとしたように川瀬さんが「そうなんですよ」と答えた。

長かったわねぇ、何年いたかしらね、と言うおばちゃんの声はわざとよそよそしくしているように思えた。

「十八年いたらしいですよ。私が入ったときからこのビルですから」と川瀬さんは言った。

ぼくは個室の天井を見上げる。たしかに古いビルだけれど、たぶん造りがしっかりしているのだろう。ひびや欠けがあっても朽ちた印象がなく、全体に品格のようなものが感じられる。

スマホに目を戻してみると画面はもう新しいページに遷移していて、ぼくは貴重な数秒を無駄にしてしまったことを悔やむ。つぎは、受け取り方法を選択する。決定ボタンを押す。

しかし、ページは動かない。え？　なんで？　フリーズしているのかと思ったが違った。ページの上部に赤い文字で「すべての項目に入力してください」とある。

え？　どういうことだ？　ぜんぶ埋めただろ？　ああ、支払い方法を選んでいない。コンビニ決済を選んで再びボタンを押す。

――しばらくお待ちください

「引っ越したら高田さんはどうなるんですか？」と口に出した瞬間、川瀬さんがしまったと感じたような気配があった。その質問も気まずさもまるごと引き受けるみたいにたかだのおばちゃんは「あはは」と笑った。

「あたしは行かないわよ、なに言ってるの」

「すみません、そうですね、なに言ってるんだろう」

二人は慌てて同時にことばを埋めたから、返ってその直後にぽっかりと沈黙ができた。そこに吸い込まれるみたいに、たかだのおばちゃんが言った。

「引っ越しのときにね、あたしも辞めるのよ、この仕事」

えっ、とぼくも思う。しばらくお待ちくださいの文字がふっと消えて、画面が白くなる。

来た。

——最終確認をお願いします

最終確認だ。八月二十三日。恵比寿スマッシュホール。一階スタンディング。はい、これでいい。枚数一枚。よし。間違いない。スクロールしながら自分が入力した各項目をチェックする。

「え、仕事、辞めるんですか？」

「そうなのよそうなのよ」

ほんとはね、と、たかだのおばちゃんは続けた。

「ずっと前に辞めてるはずだったのよ」

「そうなんですか」

「そうなのよそうなのよ、この歳だもの。でもね、あんたのところの社長さんがね、どうにか続けてくれないかって言うもんだからね」

「え、社長が」

「そうなのよー。あの人が社長になるずっと前から知ってるのよ。朝、掃除に来るとよく席で寝てたの、あの人。だから、もう何年？　けっこう長いつき合いなのよ」

だからね、とおばちゃんは言う。

「頼まれて、ずるずる、何年かしらね、三年、四年？　でも、今月で終わるの、あたしの仕事も」

そうなんですか、と川瀬さんは言う。

そして、それ以外言いようがなくて、「お疲れさまでした」と川瀬さんは言った。

「あらやだ、そうなのよそうなのよ」とおばちゃんが笑いながら、ばたんばたんと洗面台の下の棚を閉めた。

そしてすこしなにかを整えたあと、「はい、終わりました」とたかだのおばちゃんは言った。

ぼくは自分の耳に入ってくる会話を一旦どこかへ封じ込めつつ、スマホに集中してすべての項目に問題がないことを確認した。

はい、間違いない。これでいい。

最後のページをいちばん下までスクロールする。キャンセルの決まりとか、転売の禁止とか、お決まりの注意事項がちいさな文字で並んでいて、最後に赤いボタンがある。

ボタンには「同意して申し込む」と書いてある。そのボタンを押す。つまり、同意して申し込む。

——処理中

ぐるぐるとインジケータが回りはじめる。これで最後のはずだ。あとはもう待つだけだ。頼む。ほんと、頼む。ぼくは最後の念を送る。念なんて、祈りなんて、意味がないと思う。でも、そんなことといったら、意味がないと言うことにだって意味はないぜ。

ヴヴヴーッとスマホの振動音がして、「あっ」と川瀬さんが思わず言う。電話だ。川瀬さんとたかだのおばちゃんが黙る。ぼくも個室のなかでその電話の意味を知る。ぐるぐる回るちいさなインジケータを見つめながら、耳は外のやり取りに集中した。

電話に出た川瀬さんが「はい」と言う。うん、うん、とうなずく。しばらく黙る。

仄暗い空間のなかで、すっとぼくの見つめる画面が切り替わる。そこにある文字の意味が最初はよくわからなかった。

——下記の内容で申し込みを受け付けました

つまり、どういうことだ。

その下の文字列に注文番号や日付や価格が列記されているのを見て、ようやくぼくは実感する。

ああ、よかった。これで彼らに会える。夕焼けキッチンの復活に立ち会える。またあの歌が鳴り響く場所にいられる。

ほっとして、うれしくて、涙が出た。こんなことでいい歳した大人がトイレで泣くなんてどうかしてると言われるかもしれない。しかし、そんなことはどうでもいいのだ。ぼくにとって大事なことは、ぼくにだけ大事なことだ。譲れないことがあるという幸せを、待ち望む未来があるという強さを、十代の頃、ぼくは彼らから学んだ。ありがとう、とぼくは思った。

「ああ、そう！」と川瀬さんが言って、おそらくその表情か仕草で確信したおばちゃんがきゃぁと甲高い声をあげながらぱちぱちと手を叩いた。

「よかったわね！」とおばちゃんが言う。「はー、よかったぁ」と川瀬さんがふにゃふにゃした声を漏らす。

よかった、とぼくも思った。

川瀬さんは電話の向こうの誰かとよろこびを分かち合っている。おそらく奥さんだろう。ぼくはスマホに届いた申込完了メールを確認する。たしかに、間違いなく。

はー、とぼくも大きく息を吐く。

よい知らせがあるというだけで、ぼくらのいる世界は意味も価値も様変わりする。いまいる自分はなにも変わらない。具体的になにかを得ない。持ち物も資産もとくに増えない。この個室に入る前のぼくと個室から出ていくぼくはなにも変わりがない。けれども、ぼくを取り巻く今日の風景は数分で鮮やかに変質した。たったこれだけのことが、人をうれしくさせたり、絶望させたりする。上がったり下がったり、せせらぎにくるくる回る小舟のようなぼくらのこころは、しょうもないなぁと思うが、だからこそこの不確かな毎日を進んで行けるのだとも思う。

家族とよろこびを共有し合った川瀬さんが電話を切って、いやぁ、よかったです、としみじみつぶやいて、たかだのおばちゃんは本当にうれしそうに「よかったね、よかったね」と言った。川瀬さんが「ありがとうございます」と言って、ははは と笑った。ちょっと涙ぐんでいるのかもしれない。

「忘れられない日になったわ」とたかだのおばちゃんが言った。

そして川瀬さんの相づちを遮るように、じつはね、と続けた。

「じつはね、今日が最終日なのよ、あたしの仕事」

えっ、とぼくは思わず声に出したが、川瀬さんもそう言ったので声は届かなかったと思う。しかもね、とたかだのおばちゃんのことばはまだ続く。

「しかもね、いま終わったの、最後の仕事が。この六階のトイレの掃除が最後だったの！」

たかだのおばちゃんはからから笑って、ぼくはなんだかまた泣きそうになってしまい、慌てた拍子にちょっとバランスを崩して個室の壁に手をついたら、そこにあった水洗ボタンを押してしまった。

どしゃぁぁぁと水が流れて、たぶん、二人はぎょっとしたと思う。

ぼくはもう立ち上がって出ていく以外なかった。ぱんっ、と弾けるようにぼくは立ち上がる。なにせぼくはズボンをはいているのだ。ズボンをはいているぼくはズボンをはいているから便座からすぐに立ち上がることができる。ズボンを下ろしていたらこうはいかない。ズボンをはいて便座に座っていて本当によかった。

勢いよくドアを開けて出ていきながら、ぼくは二人が驚くよりも早く「川瀬さん、高田さん」と呼びかけた。川瀬さんはぼくを見るなりこう言った。

「小野くん、どうした、その頭？」

「失敗しました！」

昨夜、験を担いでぼくは髪の内側に夕焼け色のオレンジのカラーを入れた。といってもごく薄いオレンジで、髪を上げれば控えめに違いが感じられるくらいに染めたつもりだった。ところがなんだかオレンジ色はけっこう強くて、しかもぼくは元来猫っ毛のため、染めた部分がまだらに表に出てきて不思議なきのこちゃんみたいな頭になってしまった。いや、そんなことはどうでもいい。

ぼくは川瀬さんとたかだのおばちゃんに向かって言った。なぜそう言ったかはよくわからない。

「写真を撮りましょう！」

慣れないセルフィーモードでぼくは写真を撮った。たかだのおばちゃんを真ん中にして、川瀬さんがほとんど膝をつくくらいに屈んで、ぼくは思い切り手を伸ばしたけれど、どうやっても水平が合わなかった。何枚か無闇に撮影したが、撮ってる間中、それぞれに笑いが止まらなかった。撮った写真をどうしようというのではなかった。ブレてるし、センターはずしてるし、大笑いしてるし、それはちょっとひどい出来栄えの写真だった。

そのまま照れたり笑ったりしながらトイレを出て、ぼくは自分の席にこっそり戻った。戻るにあたってなんとなく体調が悪い風に装ってみようかと思ったが、いろいろなことを思い出してにやにやしてしまうので、開き直って自然に振る舞った。

三月のはじまりの晴れた日で、外はまだまだ寒かった。

昼休みに外でご飯を食べたあと、起こった出来事を確認したいような気分で、午後の始業の直前にもう一度六階のトイレに行った。

やはりそこは静かで、清潔で、明るくて、手入れが行き届いていた。柔らかい光に満ちている白い空間のなかで、ただのトイレなのに、ぼくは新しいものに触れているような気分になった。
気づかなかった石鹸の匂いがかすかにしていた。

啓蟄の日、きみに問う

野口桃花

「あ、うんちするの？　ちゃんと見てるから、ゆっくりどうぞ」

ぷーちゃんはうんちをする時、小さなお尻をこちらに向けて振り向き、上目遣いで見つめてくる。これは情報誌〝いぬのきもち〟によると、無防備な体勢となるため、背後から敵に襲われないよう見ていてね、ということらしいのだ。なんて可愛い。守ったる守ったる。

そういえばＬＩＮＥの返信をしていなかった。ダウンジャケットのポケットからスマホを取り出した。

「おはよう。今ぷーちゃんの散歩中。暑いと思ったら、今日最高気温十八度まで上がるんだって」

『全然見てないやん！』

知らない声に手を止め、見渡してみたものの、どの通行人も私たちには無関心で、足早に通り過ぎていく。

『ママは僕のこと、ちゃんと見てるって言いながら、見てない。本当に頼りない』

声の主は足元にいた。ぬいぐるみのような愛犬が、人間の言葉を発していた。

これは夢なのだろうか。ぼんやりとしながら、とりあえずうんちの処理をする。

ぶるっと身震いをした愛犬は、いつもとなんら変わりないように見える。気のせいだったんだろうか。そう思い、立ち上がった瞬間、スーツ姿の女性とぶつかった。ルーズに束ねられた彼女のポニーテールが揺れた。甘ったるいバニラと煙草の混ざった香りが押し寄せる。

「ごめんなさい」

謝罪を口にした時には、その女性は遠く離れて、駅の階段を上り始めていた。宙ぶらりんに浮いた言葉を慌てて回収する。彼女は他の多くの忙しそうな人たちの群れへと消えていった。彼女の軽やかなヒールの音が脳内にこだましている。

平日の午前十時。ジャージを履いて歩いているのは私だけだ。途端に恥ずかしくなって、俯いた。彼女の香りが、まとわりついて離れない。

突如、リードが強く引っ張られたと思うと、よろける私にお構いなく、ぷーちゃんはぐんぐんと進み始めた。

踏まれてしまうのではないかという私の心配をよそに、巧みに人混みをすり抜けてゆく。

白毛の中に少しだけ黒毛の混じる、ふわふわのしっぽ。振り上げられたそれを、私はひたすら目で追いながら、ついていくことに必死だった。

気がついたら、舗装されたアスファルトを抜けて河川敷に来ていた。さっきまでの雑踏が嘘のように、静まり返っている。

息を切らしながら上着を脱ぎ、大きく深呼吸をしてからようやく、私は尋ねた。

「ぷーちゃん、もしかして人間の言葉喋れるの……？」

『僕の声聞こえてるの？　そういえば、五分だけ大切な人とお話しできる日が来るって、産んでくれたママが言ってたことあったなあ。元気かな』

こういう時、何を言えばいいのだろう。沈黙の中、ちゃぽんと魚の跳ねた音が響く。

『ママ』

「は、はい！」

『あのさ、気づいてると思うけど、ドッグフード飽きたよお。ママだって毎日サプリだらけじゃ嫌やろ？　いくら総合的に栄養摂れるっていったってさ。美味しいもの食べたいやん』

ぷーちゃんは最近ドッグフードを残す。あの手この手で食べさせようとするのだけど、肉や野菜のトッピングだけを器用に食べるのだ。健康の為と、私はこの好き嫌い戦争に挑んできたけれども、毎日サプリだらけと言われるとうんざりする気持ちもよく分かる。

そりゃ嫌やわ。反省。

それにしても、赤ちゃんのように思っていたのに、喋ると急に大人びたように感じる。

だけど、抜けきらない方言が標準語に混じるその喋り方は、私そのものだった。

『見て！　ママが僕を抱っこして初めておさんぽに連れていってくれた日も、ポールの上にあの鳥さん、止まってたよね』

ぷーちゃんの目線の先には、大きな白鷺がいた。

そう、一緒に暮らし始めて、もう一年が過ぎたのだ。

終わりの見えた自分の人生に絶望し、モノクロになった世界に彩りを戻す唯一の術と、迎えた希望がぷーちゃんだった。

土埃が舞い、ススキで道が作られた、東京らしからぬこの河川敷の景色に惹かれて、この街に引っ越してきた。

濃い一年だったな。そんなことを考えながら、魚をついばむ渡り鳥を見つめた。

『ねぇ、ママは聞いておきたいことないの？』

我に返り、慌てて時間を確認すると、もう四分近く経とうとしていた。

もし、もし飼い犬と話が出来たら……何を聞こうかと考えたことのある人は多いと思う。

私も遊び半分で妄想し、ひとつ決めていたものがあった。ぷーちゃんに一番聞いてみたいこと。

「うちの子になってよかった？」

でも。出掛かった言葉を飲み込んで、静かに息を吐いた。

「ぷーちゃんが一番好きなおやつってなに？」

私の口から出たのは、全く別の質問だった。

『ん？　えっとね、チーズの味の、まん丸のチップス！』

「ふふ、やっぱり！　当たってた。食いつき違うもーん。また買ってくるね」

しゃがむとようやく目線の高さが近づく。頭を撫で、にこっと微笑んだ。ぷーちゃんも笑ったような顔をしていた。

足に引っかかったリードを直し、歩き出す。ぷーちゃんも今度はゆっくりと歩き出した。

これまでにないほど振り上げたしっぽを、ゆらゆらと揺らしながら。

見上げた空には、雲がのんびりと流れていた。

会話できる時間はまだ残っているのかもしれない。でも別に聞かなくていい。聞こうとしていた質問の答えは、精一杯の愛情を尽くした先に、自然と出るはずだ。どのくらい先かは分からないけど、私かぷーちゃん、どちらかの最期の時に、そっと答え合わせをしよう。


「おう、嫁さんできたのか。来年も来いよー」

振り向くと、ホームレスのお爺さんがさっき見た白鷺に声をかけていた。

まるで号令がかかったように飛び立った二羽は、列を保ったまま遠く見えなくなってゆく。

煌めく水面、ほんの少しだけど緑を帯び始めたスズキ道。紫色のホトケノザや青い小花のオオイヌノフグリも、ぽつぽつと見える。

私の世界は、気づけばたくさんの色に溢れていた。

もうすぐ春がやってくる。

そいつがルパン

by ゴトウマサフミ

バカモーン！ そいつがルパンだ!!
…いや、そいつじゃなくて！
その右に立ってる！ ちがっ！ こっちから見て右だよ！
ほら、少し奥の方にいる…あ～なんでわからないかなぁ!?
いやだから、赤いジャケット着てるじゃん！
もみあげに特徴あって…あとスネが細い！
え？ いいって、こっち戻って来なくて！ 逃げちゃうだろ！
あっ！ 見えてるじゃんか！ ほらすぐ近くに!!
あ～逃げた！ もーっ!!

銭「…もう一杯くれ」

店「飲み過ぎですよ、ダンナ」

銭「うるさい！ くそっ、ルパンの奴。
　この次は絶対…おやじ、いくらだ？」

店「あぁ～お代でしたら５分くらい前にいただきましたよ。
　隣に座られていた赤いジャケットの男性から…」

銭「バッ…バカモーン！ そいつがルパンだ!!」

練習しているか

浅生　鴨

ともかく今ラグビーのことを書いておく。日本代表対スコットランド代表の試合を観終えたばかりで、まだちょっと気持ちが落ち着かないものの、こういうことを時間が経ってから書くのもどうかと思うので。

たぶん明日のスポーツ紙を見れば、誰がトライをとったなんて話になるのだろうけれども、ラグビーのチームは各種機能の集合体なので、トライをとった選手が特別にすごいとかえらいというわけではなくて、いやもちろんすごいしえらいんだけど、それは点を取ったからえらいというよりは、自分の役割をきっちりと果たしたからえらいのだと僕は教わってきたし、今でもその通りだと思っている。

とは言いつつ、今日の試合を振り返って、はて特別に活躍したのは誰だろうかと考えてみると、わからない。いや、わかっている。全員なのだ。交代した選手も含めて全員がきっちり役割を果たしていたし、本来の役割以上の機能を発揮したのだと思う。もちろん、飛び抜けてパフォーマンスを見せた選手もいるけれど、それを見て他の選手がさらにパフォーマンスを上げてくるから、結果的にはやっぱり全員が特別に活躍したのだ。

もうずっと昔から、日本代表は体格もそれほど大きくないし、あたりも弱いから、ボールを持ったらできるだけ相手と接触しないように、素早く展開して走り回るプレースタイルで戦うのが良いとされてきて、そして、そのスタイルでは勝てなかった。本当に勝てなかった。

言いかたは悪いが、相手と同じ土俵で戦っていなかった。どこかちがうスポーツをやっていた。

でも今の日本代表はちがう。個人が正面から突っ込んで、そしてなかなか倒れない。倒れても前に進み、生きたボールを残す。あたりが弱いなんてのは過去の話で、がんがん接触していく。

もう完全に同じ土俵で戦っているのだ。一人一人が自分の守るべきところを守り、プレッシャーに負けず役割を果たし、その機能を集結させている。しかも展開ラグビーのスタイルは残しているから、けっしてあたり負けしない強い個人が、徹底的に走り、倒し、倒れ、すぐに起き上がり、また走り出す。

どれほどの練習をすれば、こんなふうになれるのだろうかと考えると、僕は気が遠くなる。

現役だったころ、僕には本当に嫌いな練習がいくつかあって、それがもう合宿の練習メニューに入っているだけで、辞めて帰りたくなっていた。それほどきつくて辛い練習なのに、今の日本代表はそれを試合前のアップでやっている。あの練習をアップでやるのだとしたら、いったい普段はどんなハードワークをやっているのだろうか。そう考えるとやっぱり気が遠くなる。

今、日本代表はまちがいなく過去最強なのだと自信を持って言いたい。

練習こそがすべてとは言わないけれども、やっぱり普段から地道に、しかもかなりの練習をしなければ、強くはなれない。上手くはなれない。練習していないことは本番には使えない。そりゃあ、偶然できることはあるかもしれないけれど、無意識のうちに頭や体が反応するようにはならない。

それはラグビーに限らない。ほかのスポーツにせよ、楽器の演奏にせよ、人前で話すことや文章を書くことにせよ、その世界で活躍している人たち、一流と呼ばれる人たち、天才と呼ばれる人たちは僕の想像を遥かに超える練習をしている。

毎日やっている。練習の結果をただ観ているだけの僕は、そのことをすっかり忘れているけれども、彼ら彼女らはものすごく練習をしている。

そういえば、いつだったたか、とあるバンドのライブを観に行って、すぐに会場を出たことがあった。バックバンドはみんなちゃんと演奏をしているのに、ボーカルがあきらかに練習不足だったのだ。一年ぶりのライブを僕はとても楽しみにしていたが、そのボーカリストはせいぜい二、三週前くらいから練習を始めたんじゃないだろうか。ずっと練習していたとは思えない音量と音質で、僕は演奏開始からわずか五分あまりで、がっかりして後ろのドアから逃げ出したのだった。

僕たちは、誰かが何かをすごく練習していることにはあまり気づけないのに、練習していないことはすぐにわかるものなのだなあと思った。

きっと、ものを考えることも同じで、その場限りの反射的な言葉やジャストアイデアを僕があまり信用したくないのは、たぶん考える練習をしていないことが透けて見えるからなのだろう。

いつしか、ラグビーから話が逸れてしまった。

ピンクの象が窓から

小野美由紀

ピンクの象が窓からじいっとこちらを見つめている。私は負けじと彼を見つめ返す。彼はゼラチン質のねばねばした何かでできていて、窓枠（もう何年も、誰も塗り替えていない）にベタベタとくっついて、なかなか離れそうにない。私は手を伸ばし、ノブを押し上げて窓を開け、彼に触ろうと試みる。けれど背の低い私の手は、頭のはるか上のノブまで届かない。私がそうしている合間にも彼は絶え間なく私を見ている。部屋の角のクリスマスツリーに巻きついた豆電球がピカピカと輝いて、彼の半透明の体にその蛍光緑の光が混じる。私は窓を開けるのを諦めて、ピンクと緑の溶け合う、その奇妙な色合いをじっと見つめている。

ジェニファー、とママの呼ぶ声がする。頭に結んだ青いリボンが後ろに引っ張られた気がして、私は振り返る。今日のママの声はざらざらとして、どこにでも引っかかる猫の舌みたい。はやく行ったほうがいいよ、と私の頭の内側でもう一人の私が言う。その声を聞き、私は慌てて象の方をもう一度見て、言う。「待ってて、今あんたにクリスピー・クリーム・ドーナツのホリデー・スプリンクルをあげるから」って。

赤と緑のシマシマに塗られた、１年に一回しか店頭に並ばないクリスマス仕様のギフト・ボックス。その中に並ぶたくさんのドーナツたち。それらを想像した途端、口の中に唾液がいっぱいに広がる。もう一度、ジェニファー！　と叫ぶ声が聞こえて、今度はスカートの裾が引っ張られた気がしたので、私は大慌てで居間を出てママの元へと駆けてゆく。ピンクの象はその間もじっと私を見ている。

　ママは疲れた表情で洗濯室に立っていた。洗剤の大きなボトルを持ち、片手には洗濯機に入りきらなかった洗濯物を抱えている。足元の洗濯かごにはまだ大量の洗濯物が山盛りに溢れ、後2〜3回は洗濯機を回さないと洗濯は終わりそうにない。ラヴェンダー色の古い壁紙がそこらじゅうめくれ上がっている洗濯室はメキシコ・ダウニーの人工的な花の香りに満ち溢れ、さっき乾燥機から出したばかりの熱を放つ洗濯物たちのおかげで太った猫の胃袋の中みたいにぬくぬくとしている。ママの、黒い線で縁取られた目と炭のかけらみたいに太く塗られた眉毛だけがその中で浮き上がって見える。

「早く子供部屋からあんたの洗濯物を持ってきてちょうだい」

　こういう声の時のママには逆らわないで大人しくしといたほうがいいよ、セーりだから、そうずっと前に教えてくれたのはお姉ちゃんだ。セーリって何、と私が聞いたら、お姉ちゃんは片目をつぶって「あんたがもう少し大きくなったら教えてあげる」と言った。

「秘密を知るにはね、それにふさわしい年齢ってものがあるのよ」――灰色のパジャマとギンガムチェックの青いリボンが大のお気に入りだったお姉ちゃんは3年前の夏にワシントンパークの脇の車道で20tトラックの車輪に巻き込まれて死んだ。トラックの車輪がお姉ちゃんの漕いでいた自転車に接触し、お姉ちゃんの体はあっという間に車輪の中に巻き込まれた。私はその瞬間を見ていない。パークのプールでママと一緒に黄色いアヒル型の浮き輪につかまり遊んでいたから。見たのはずぅっと後になってからだ。意地悪で実況が大好きなユー・チューバーと呼ばれる人種のうちの一人が、パーク横の団地のベランダからスマートフォンの画面越しにその様子を見ていた。彼はお姉ちゃんの後ろにトラックが近づくのを見ても「危ない」とも叫ばなかった。ただ黙って撮影していた。少なくとも彼がYouTubeにアップした動画の中にそういう声は含まれていなかった。お姉ちゃんの体が車体に巻き込まれて見えなくなった後に「すげえ」とか「ジーザス」とかいう彼の独り言だけが、自転車の部品が飛び散る鋭い金属音の中に混じって聞こえた。すでに骨を砕かれ、ぐにゃぐにゃになったお姉ちゃんの体を引きずりながらトラックがパークの脇の道を全力で疾走しても、彼はその四角い画面の中にずっとそれを収め続けることに夢中で、警察に通報すらしなかった。点々とお姉ちゃんの破片を地面に落としながら、トラックが黒い点となって画面の奥に消えるまで、その様子をずっとスマートフォンで撮影し続けていた。

彼の動画はYouTubeにアップされ、あっという間に複製され、世界中のあらゆる国のあらゆる地域のサーバーに保存され、分裂するアメーバみたいに消しても消しても無限に増殖した。ママはその5分ちょっとの動画を執拗に追いかけ続け、見つけては削除依頼を出し続けた。家事も仕事も放り出し、毎日12時間以上パソコンの前に座り続けるママを誰も咎めなかった。パパはママを慰めにうちに何度も足を運んだけど、ママは別にそれを必要としていなかった。お姉ちゃんが死ぬ前に週に1度あった「パパの日」もおしまいになり、私はたった一人、灰色の中古住宅の中にママと一緒に取り残された。

私は何もすることがない。学校にも行ってないから、宿題も、クラブ活動も、地域のチャリティー運動も何にもない。誰も私のことを気にかけない。だから時々、ママが見つけそびれたお姉ちゃんの動画をインターネットで探し出してこっそり眺める。何回も何回も何回も。ユー・チューバーは、トラックに巻き込まれる直前のお姉ちゃんの顔をズームで撮っていた。7月のエーデルワイス色の陽の光に笑顔を浸し、目を細めて後ろを振り返るお姉ちゃん。ぼやけた画面の中でお姉ちゃんの笑顔はぐんにゃりと粗い粒子に分解され画面中に分散する。その笑顔は見ている私の心に忍び込む。お姉ちゃんは私の中で永遠に笑顔だ。ピンクのヘルメットをかぶり、金髪をなびかせて走るお姉ちゃん。0：25まで笑顔のお姉ちゃん。確かに生きていたお姉ちゃん。その先のことは知らない。0：25までは現実で、その先の映像は、どこか別の世界の出来事みたいだ。

ともあれ、こんな風にしてお姉ちゃんがいなくなってしまったから、私にセーリについて教えてくれる人はいなくなってしまった。私がセーリと関わることはもしかしたら永遠にないのかもしれない。幼馴染のジョージが「秘密を誰かに教えてもらえないやつは、仲間には入れてもらえない」と言ってたから。

お姉ちゃんが死んで、私の身長はぱったり伸びなくなった。周りの大人たちは「心の傷がもたらすなんとか」が私の成長なんとかを止めている、と言った。冗談じゃない。〝なんとか〟のせいじゃない。私は私の意志でそうしているのだ。だって、お姉ちゃんの代わりにピンクの象を見る人間がいなくなったら、彼らは一体どうするのだろう？

彼女はしょっちゅう彼らの話をしていた。お姉ちゃんが描いた絵の中で、象たちはパイナップルの木によじのぼり、実を鼻で取ったり、白い砂浜で砂の城を作ったりしていた。私はそれを見て、彼らはどこにいるのかと聞いた。お姉ちゃんは首をかしげ、少し考えた後、カリフォルニアのビーチにいるのだと言った。

「海水浴に行った時、どんなに忘れ物をしないように気をつけてても、みんな、大抵何かを忘れるでしょ、サンオイルとか、サングラスケースとかね。あれは象たちのせいなんだよ」

彼らは観光客の目を盗み、借り物競争をしている。ビーチのチェアの端っこに引っ掛けたスポーツタオルやら、ビーチフラッグやら、浮き輪の空気入れなんかをこっそり盗んでくるの。でも彼らに罪の意識はない。だってこれは遊びだから。

そう、お姉ちゃんは自分が見てきたみたいに話した。

私は不思議に思った。なぜ、彼らはここまで来てくれないのだろう？　私たちの住むコロラド州デンバーのエッジ・ウォーターと呼ばれる住宅街にまで。借り物競争なんかより、私たちと遊んだほうがよっぽど楽しいし、私たちは決してあなたたちが出てきても驚かないのに。ママの、クッキーを焼く時の型や、ミキサーの部品を盗まれたらちょっとは困るけど。


子供部屋から洗濯かごを抱えて戻ってきた私を、ママはタバコをふかしながら待っていた。私がかごを渡すと、ママは細く釣り上げた目で私を見て「もっと早く取って来れないの」と言った。ママはどぎついピーコック・グリーンのエプロンをかけていて、お腹の部分にはクジャクの絵が刺繍されている。たくさんの色の糸で縫い上げられたそのクジャクは、ステッチの間がひどく空いていて、泣いているのか笑っているのかわからないような間抜けな顔をしている。

「いったい、いつまで子供でいるつもりなの。しっかりしなさいよ」

私が返事をする前に、ママは後ろを向いた。ママの体は時々、木でできた操り人形みたいに空中にバラバラに散らばって見える。背中で結ばれた巨大なグリーンのリボンが、ママの、以前より丸く、けど平べったくなったお尻を強調している。

週3回のパート・タイムの時間以外、ママは部屋に閉じこもり、何かを飲んでいるか、飲んでいない時には誰かに電話をしている。ママの足元にはいつも、銀色の缶やら、つるつる光る綺麗な色の瓶やらが転がっている。たくさんの瓶や缶に囲まれ、床に転がって眠るママは小人に囲まれた白雪姫みたいだ。役に立たないカウンセラーのスカーレットが2週間に1回やってきて、ママの体を抱きながら「ジャッキー、もう自分を責めるのはよして。あなたのせいじゃない」と繰り返し言う。けど、それに何の意味もないってことは子供の私でもわかる。ママの中ではそれは永遠に「ママのせい」で、自分が悪いと思っている人間に「あなたは悪くない」と言ったところで何の効果もないことぐらい、みんな知っているもの。すきっぱの前歯からスターバックス・コーヒーの臭い匂いをプンプンさせながら、彼女は私にも抱きついてくる。私にも『なんとかケア』が必要らしいのだ。目に涙を溜めて「ジェニファー、ジェニーが死んだのは、神様の御意志であって、あなたたち家族のせいでは決してないの」と言う彼女を、私はするりとかわして逃げる。自分に必要なものくらい、私にはちゃんと分かってるから。

「ねえ、ママ」私は恐る恐るママに向かって話しかけた。

「ドーナツを食べたいんだけど」ママがもう一度振り返る。クジャクの模様にしわが寄る。「昨日、おじさんたちから届いたでしょ。あれ、もう食べていい？」

ママの顔が、クジャクと同じくらいしわくちゃになった。一瞬、怒られるかも、と身構えたけど、ママは、はあと息を吐くと「いいわよ」と言った。窓から見えるプラタナスの葉と同じくらい、かさかさの声で。

「ただし、自分でやんなさいよ。ママは部屋で寝るから。頭が痛いの」

私はママの背中が寝室のドアの向こうに消えるのを待ってから、廊下の突き当たりの階段を一段、一段ゆっくりと上がり、二階のダイニングに向かった。

お姉ちゃんが死んで、やっと庭に現れはじめた象たちを私は最初庭から追い出していた。追い出すと言っても頭の中で念じるだけだ。「出てってよ、あんたたちを見たがっていたお姉ちゃんは、もうこの世にはいないのに」って。

象たちは悲しそうな顔をして、何か言いたげに鼻をひくつかせ、何度も振り返りながら庭を横切り隣の家の柵の方へと消えて行った。草がぼうぼうと生え放題で、キツネや穴熊がしょっちゅう潜り込む、柵の壊れたうちの庭を。私はピンク色の象の体が、バイオレットブルーの夜の闇に透過され、やがてその中に消えてゆくのを黙って見守った。けれども、彼らは次の日にはまた同じようにやってきて、窓ごしにその二つの目で私をじっと見た。毎日、毎日、毎日。私はやがて彼らを追い出すのを諦めた。

最近、象たちは真夜中に窓から忍び込み、眠っている私の体を鼻で撫でる。どうやって忍び込んでいるのかはわからない。だれかが窓を開けているのかもしれない。

象の鼻は硬くて、ざらっとしていて、細かい針みたいな産毛がびっしり生えている。昼間に見る彼らはピンク色のゼリーみたいなぶよぶよとした見た目なのに、夜に来る彼らは灰色の硬い肉質で、私の体を肩先からつま先まで撫で回す。私はそうされている間、ぼんやりとお父さんの、ざらざらとした髭の感触を思い出す。くすぐったくて、今すぐにでも止めたい感じなのに、どういうわけか、私はそれを止められない。見ている夢を止めたくても止められないのと同じで、私の体は象たちにされるがままになっている。そのうち、頭の中に白いもやがいっぱいになって、次の瞬間私は暗闇に突き落とされる。暗闇の中を落ちてゆく最中、私は私の先を落ちてゆくお姉ちゃんの体を背中で感じる。透明になったお姉ちゃんの体。そのうち私の体はお姉ちゃんの体に追いついて、二人の体は一つになる。お姉ちゃんの体が気体のように私をすっぽりと包み込んだまま、私はお姉ちゃんの目から、いつまでも続く暗闇を見ている。突然、暗闇が尽きて、私ははっと目を開ける。明るい朝日の中では、象たちは決して姿を顕さない。でも、私の体には、象たちに撫で回された感触が、確かに残っている。

今日、なぜ彼らにドーナツをあげようと思ったのか、私にもわからない。けど、今日くらいはそうしてやってもいいような気がしたのだ。なんたってクリスマスだし。

電気のつかないダイニングは夕方前なのにすでに薄暗く、とっぷりと深い闇に浸されてまるでコーヒーの中にいるみたいだ。私は暗闇の中で目を凝らして、昨日おじさんたちから送られてきたドーナツの箱を探す。おじさん、つまりママの弟と、その家族とはもう何年も会ってないけど、こうして毎年、クリスマスにはドーナツを送ってきてくれる。ドーナツの箱はキッチンカウンターの上に置かれていた。赤と緑のシマシマに塗られた、小さな猫くらいの大きさの、長方形の箱。昨日郵便屋さんが届けてくれ、ママが忌々しげにカウンターの上に放り投げた。

私は目一杯に手を伸ばし、ドーナツの箱の端に指を引っ掛けた。ずるずると箱を端に寄せ、やっと手が届いたところで角を掴んでカウンターから降ろそうとする。

そのとき、電話の音が突然鳴り響いた。私はびっくりして思わず箱を取り落とした。中のドーナツたちははじけるように床に散乱した。のたり狂うアフリカの虫みたいに色とりどりの軌跡を残しながら、彼らは遠くへと転がってゆく。しまった。ママはきっとまた機嫌が悪くなる。私は慌てて近くに落ちたドーナツを拾い上げたけど、ドーナツのコーティングは無残にも取れてしまっていて、ごまかすのは難しそうだ。

電話のベルは鳴り続けている。硬い、お腹の底を打ち震わせるような音で。私はママが駆け上がってくるんじゃないかと思ったけど、どうやらその音は、ママの部屋までは届いていないみたいだ。

私は電話機に近づいた。爪先立ちになり、腕を目一杯に伸ばして電話台の上の受話器をとった。電話に出たのは初めてだった。電話を受けるのは、これまでママかお姉ちゃんの役割だったから。

「もしもし」

耳に押し当てたプラスチックの受話器の奥からは、ザラザラとした砂嵐のような音が響いている。やがて、その向こうから懐かしい声が聞こえた。

「ハイ、ジェニファー」

息が止まりそうになった。

「お姉ちゃん？」

ひそひそめいた笑い声が、砂嵐に混じりさざなみのように広がる。

「そうだよ、あんたのお姉ちゃんだ」

耳の奥が熱くなった。思わず受話器を取り落としそうになり、ぎゅっと握り直す。何かの間違いじゃないだろうか。ううん、でも、この声は確かに、私の、お姉ちゃんだ。

「久しぶりだね、ジェニファー。元気だった？」

「なんで」受話器にしがみつきながら、私は声を出した。

「本当に本当のお姉ちゃんなの？」

「信じらんないかな」

お姉ちゃんはくすくすと笑っている。その声は猫の舌のようにあたたかく湿っていて、私の鼓膜を優しく転がす。

「あんたにピンクの象の秘密を教えたお姉ちゃんだ」

驚きと喜びと、あらゆることを聞きたい気持ちが喉で渋滞して、声が上手く出ない。

「どこにいるの、お姉ちゃん」

お姉ちゃんは答えずに、笑い続けている。たまらなく気分が良さそうで、その声を聞いているうちに、私までお腹の底があったかくなってきた。

「死んじゃったんだと思ってた」

「死んだよ」

お姉ちゃんは平然と答えた。

「あんたの知ってるジェニーは死んだ。間違いなくね。私はね、ジェニファー、あのくそユー・チューバーが撮影した動画の中の0：25のお姉ちゃんだ」

「どういう意味」

「つまりさ、私の動画は世界中に拡散されただろ？　それによって、元の私とは違う私が生まれたんだ。あれを見たやつらの中に、私は存在する。それは元のジェニーとは違う。でも、そいつらの中では私は本物のジェニーなんだ」

意味がよくわからなかった。やっぱり、これはお姉ちゃんじゃないのかもしれない。誰かがうちの番号を調べて、いたずら電話をかけてきているのかもしれない。

「みんなが私を見るよ。すごくたくさんの人がね。あらゆる人種のあらゆるやつらが私を見る。太ったのも痩せたのも、年取ったのも若いのも、男も女も。やつらの視線のなかに私がいて、やつらの視線が私を作り出してる。動画がコピーされるたびに、私はそれを見たやつの中のジェニーとして分裂し続ける。あの動画がこの世に存在する限り、0：25の私は消えない」

「つまり、お姉ちゃんはお姉ちゃんなの？」

「察しが悪いね」

お姉ちゃんは呆れたような口調で言ったが、語尾は楽しげに持ち上がった。

「とにかく、あんたにとっては、私は紛うことなきあんたのお姉ちゃんだよ」

まだよく分からなかったが、それでも、私はお姉ちゃんと話せることが嬉しかった。

「そこはどんな場所？」

「暗くて、ジメジメしてる。暖かい場所だ。悪くないよ。……毎日、いろんな物が見える。私を見てマスターベーションする男とか。オンラインで動画ウォッチパーティーをするくそみたいなガキとか。私が死んだ瞬間の動画のキャプチャをプリントアウトして、部屋中に貼り付けてるやつとか」

意味のわからない単語もあったけど、私はそれを聞いて気分が悪くなった。

「お姉ちゃん、そこから戻ってきて」

私は言った。

「ママも私も、お姉ちゃんに会いたいよ」

「無理だよ。私は動画の中の0：25のジェニーであって、現実のジェニーじゃない。現実のジェニーはもう死んでる。私は動画の中の現実のジェニーなんだ」

「そうだ」

私は良いことを思いついた。

「ちょっと待ってて。ママを呼んでくる。ママもきっと、お姉ちゃんと話したがってる」

「やめてよ、あんなおばさん」

初めて、お姉ちゃんの声が歪んだ。

「あの人、ずうっとめそめそしてるじゃん、鬱陶しいったらありゃしない」

私はびっくりした。お姉ちゃんがお母さんをあの人、なんて呼ぶところを、私は見たことがなかった。

「私、あの人のこと、大嫌いなんだ。めそめそしてさ、自分のことしか考えてなくて。生きてる時から、好きじゃなかったよ。パパに対してだってさ、自分が一番の被害者みたいに振る舞うんだもん、そりゃパパも出てくに決まってる」

歪んだお姉ちゃんの声は、生きていた時より、幾分——何年か分くらい、大人びて聞こえた。知らない人の声のようで、一方で、もしお姉ちゃんが生きていて、ティーンエージャーになったら、本当にこんな感じかも、という気もした。

「……あの人、見栄張りでしょ、私にかわいいカッコさせて、人前に連れてって、カメラマンに撮らせたり、芸能事務所のマネージャーに会わせたりさ、やめてよって感じ。反吐が出そうだった。パパもうんざりしてたよ。それが理由でよく喧嘩してた。離婚の時、パパについて行けばよかったって何度も思った。そしたら死ななかったのにって。あの時、プールから逃げ出して、パークの外に出たのはさ、ママが私に変な水着着せて、写真を撮ろうとしたからなんだよ」

思い出した。お姉ちゃんがプールの更衣室からいなくなる寸前、先に着替えていた私に「先にプールに飛び込め」って耳打ちしたことを。「足のつかないところに飛び込んで、叫んでママを呼べ」って。

「生きてた時のお姉ちゃんは、そんなこと言ってなかった。ママのことすごく好きそうだった」

「ここにいていろんなものを見てるうちに、考えが変わったんだよ。……それに、もう、3年も経つんだし」

お姉ちゃんはふんと鼻を鳴らした。

「それでも、ママはお姉ちゃんと話したら、すごく喜ぶと思う」

「そうかもね。でも、もしそうだとしても、今、現実にはあんたしかいないんだよ。あんたとお母さんの二人でどうにかやってくしかない。お母さんはあんたに注意を向けるべきで、私のこと考えて、めそめそしてる場合じゃない。それなのに、あの人ってばさ。ねえ、知ってる？　あの人、私の動画を最初は死に物狂いで探して削除してたけど、最近じゃ新しい動画がどこかにアップされてないか、これまで上がってる動画の再生数が増えてないか確認したり、時には新しい動画サイトに自分で動画をアップしてるんだよ」

「そうなの？」

「そうだよ。気持ち悪い」

私はなんだか怖くなった。お姉ちゃんの話を聞き続けるうち、現実がぐんにゃりと歪んで、私の頭の中身まで書き換えられて行きそうな感じがした。

「けど、まあ」お姉ちゃんは言った。

「一人の女の子としては、総じて良い人生だったんじゃないかな。死ぬ前にジョージといろんなことも試せたし。私たち、ティーンエージャーにならないとやっちゃダメって言われたこと、本当はたくさんしてたんだ。ジョージの家の納屋で互いの体を触りあったりとか。なかなか面白かったよ」

　おねえちゃんは愉快そうにいった。

「あんたもいつか、あれをするかもね」

「やめてよ」私は小さく叫んだ。「お姉ちゃんはそんなこと言わないよ」

「そうかもね」

　お姉ちゃんが――お姉ちゃんかどうか分からない架空のお姉ちゃんが、電話の向こうで肩をすくめる気配がした。

「いつの間にか、私はあんたのお姉ちゃんとは遠い存在になっちゃったかもしれないね」

「元のお姉ちゃんがいいよ。お姉ちゃん、元に戻ってよ」

「あんたの知ってるお姉ちゃんはもういない。だからね、ジェーン。私の代わりを、もうやろうとしなくていいんだよ。ピンクの象を見る、とかさ」

「そうだ、ピンクの象！」私は叫んだ。

「ピンクの象が庭に来たんだよ、お姉ちゃん」

「知ってるよ、良かったじゃん」

電話の声は笑った。そこだけ、元のお姉ちゃんに戻ったみたいだった。

「ピンクの象はドーナツをあげたら喜ぶと思う？」

「どうかなぁ」

大げさに語尾を引き伸ばして、相手は答えた。

「私が好きなのはシナモンシュガーとグリーン・ティー・リングだけど」

「そっちでもドーナツが食べられるの」

「時々ね。だから、まあ、悪くないよ」

「私もそっちに行って、お姉ちゃんと交代する。ママは私より、お姉ちゃんにそばにいて欲しいと思う」

私は言った。

「ママは私のこと、好きじゃないから」

いい、ジェニファー、と電話の相手はお姉ちゃんの元の声で言った。

「誰かがあんたをあんたが思うように好きじゃなくても、あんたはあんたでい続けるんだよ。あんたは誰かの代わりじゃないし、ママがあんたを愛さないのはあんたのせいじゃない」

沈黙が流れた。さっきまで耳に入ってこなかった、部屋の時計の音が急に大きくなって左耳に飛び込んできた。

「そろそろいかなきゃ。またどっかのバカが動画を再生し始めたみたいなんだ」

声が急に遠くなった。

「じゃあね、ジェニファー。上手くやんなよ」

「待って、お姉ちゃん、もう戻ってこないの？」

「わからない。いつか戻ってくるかも。…あと、象にドーナツをやるのはいいけど、おじさんたちは、あんたがドーナツを食べた方が、もっと喜ぶと思うよ。あんたのためにあの人たちはドーナツを送ってきたんだからさ」

電話はそこでプツッと切れた。

私はしばらく耳に受話器を押し付けていた。再び、声が聞こえることを期待して。けど、どれだけ待っても、さっきまでの会話を丸ごと打ち消すような、機械的で耳障りなツー、ツーという音と、ざらざらした砂嵐の小さくなった音が、響き続けているだけだった。

私は受話器を耳に当てたまま、振り返ってダイニングを見渡した。ダイニングは、先ほどまでと変わらずしんとしていた。何も変わった様子はなかった。ドーナツは相変わらず床に散らばり、床の上にはタイヤの後のように色とりどりのドーナツの転がった跡がうねっている。私はそっと受話器を置くと、散らばったドーナツを拾い集めた。それらを箱に詰めなおし、二つを手に取ると、階段を降りてリビングに向かった。

リビングへ続く廊下の左側にはママの部屋がある。私は廊下を極力鳴らさないようにしながらママの部屋の前を通り過ぎようとした。部屋の中からママの電話をする声が聞こえた。ママは泣いていた。いつものことだった。私はドアの下の隙間から這い出てくるママのすすり泣きの音を避けるようにして、爪先立ちで通り抜けようとした。

「ジェニファーが」

不意に、私の名前がドアの内側から聞こえてきて、私は驚いた。リボンがさっきよりずっとずっと強い力で後ろに引かれる。

「ジェニファーが……」ママは誰かと電話で話しているみたいだった。私を呼んだんじゃなくて、私について誰かと話しているんだ。それでも、驚きは小さくならなかった。お姉ちゃんが死んで以来、ママの口から私の名前が誰かとの会話の間に出てきたのを初めて聞いた。

私はそっと耳をドアに寄せた。ママの、鼻水と混ざった靄のような声が、ドアの内側から響いて来る。さっき鋭く耳に届いた声は、今はもう、甘いバタークリームみたいなぐずぐずとした響きに変わっていて、何を話しているのかはわからない。

私はそっと耳をドアから離した。床のきしみが彼女の嗚咽よりも大きくならないように注意深く床を踏みながら、廊下を歩いた。遠ざかるママの声は、ぼそぼそとした毛糸玉みたいに、すぐに中身のわからないものになった。私はリビングのドアをそっと開け、窓際に行った。さっきと同じで、クリスマスツリーは黄緑色の少し不気味な光を、窓ガラス越しの透明な冷たい夜の上に投げかけていた。ピンクの象の姿は見えなかった。私は窓際に近づき外を見た。庭先にも彼らはいなかった。

「おいで」私は小さな声で言った。そして、あのピンクのゼリー状の象が、鼻を振り回しながら近づいてくるのを待った。じいっと目を凝らし、彼らがその体を揺すりながら寄ってくるのを。けれども窓の外では鉄錆色のサンザシの枝が夕暮れの風を受けて頭を大きく左右に振るだけで、彼らが現れる気配はなかった。私はそのままの姿勢で、ずうっと長いこと長いこと長いこと、外を見つめていた。あまりにも長いこと見つめていたので、目が疲れて、瞬きすると、視点が移り変わった。白い光がちらりと視界の端で瞬いたのでそこに視点を移すと、それは窓の外の何かではなく、窓に映った私の目だった。私の目が、蛍光灯の光を反射してそこに光っていた。それを見た途端、そこを起点にして、だんだん、窓に映る私の顔が、とがったあごの輪郭が、頬の盛り上がりが、冷たい窓ガラスの上に浮かび上がった。

私は窓ガラスに浮かんだ自分の輪郭を人差し指で撫でた。それは、公園でいつも見る同い年の子供たちの顔形より、ずっと小さく、頼りなかった。私は久しぶりに自分の顔を見つめた。ジェニーに似ている点と似ていない点を注意深く探した。今の所、徐々に黒くなる窓ガラスの背景の中で、似ていない点の方が、蛍光灯の光を受けて目立っているように思った。

暗闇が庭をたっぷりとインク瓶のように浸して、窓は黒い一枚の板になった。

そこから先を、絶対に見せまい、とするように、窓の裏側から、差し込む光が消え去る最後の一瞬、私は象のかすかな小さな鳴き声を聞いたような気がした。もう一度彼らを見ようとよくよく目を凝らしたけど、彼らの姿は見えなかった。私は椅子から飛び降りて、両手を見た。ドーナツのチョコレートは手の熱で溶けきり指さきを真っ黒にしていた。私は両手につかんだドーナツを二つ、一気に食べた。

生活

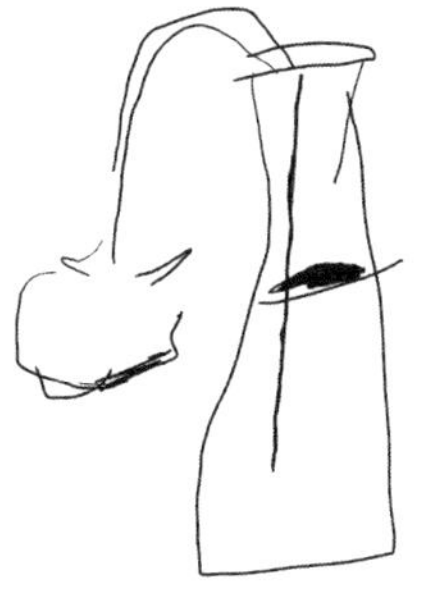

岡本真帆

美しい付箋を買った美しい付箋まっすぐ貼れない私

隣人がぴしゃりと閉める窓の音　今のはほんとうにぴしゃりだったな

当社比で顔がいい日だ当社比で顔がいい日に限って豪雨

何者かにならなきゃ死ぬと思ってた三十過ぎても終わらない道

ライターで光灯せばきみがいて花火消えればまた闇になる

御守りにしてよときみが握らせてくるシルバニアファミリー（ベビー）

あ　海だ　だと思ったら巻き貝で　貝でもなくて　暗い心音

宇宙から見たら同じだ真夜中の映画も冬の終わりのたき火も

全員に好かれなくてもいいと思う　きみのほくろがよくって笑う

愛だった　もしも私が神ならばいますぐここを春に変えたい

坂井、殴る。

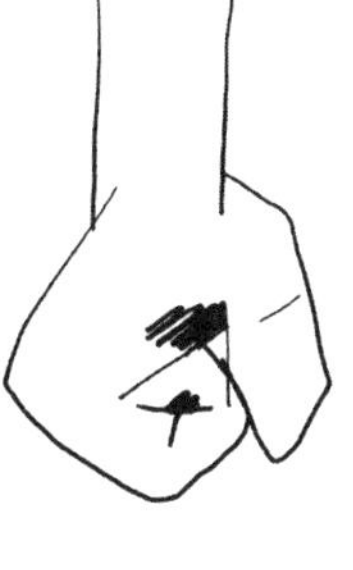

今野良介

悲しみの弦は鳴る。心は音の上に乗る。

一七二〇年、バッハ三十五歳。二〇二〇年、俺三十五歳。

旋律は時間を越えてくる。フーガの螺旋が繰り返す。

よくわからない。バッハが何を託したか。俺は何を弾き継ぐか。

ＮＨＫをつける。

フジファブリックの『若者のすべて』が流れる。

東北の転職活動者が「夕方のチャイムを聴くたびに救われる」と言う。

志村正彦は震災前の聖夜に死んでいる。

俺は深い悲しみを負った人がうらやましい。

志村は今も、どこかで誰かと生きている。

夜、妻と写真を見ていた。

結婚前に二人で行った、ディズニーランドのエレクトリカルパレード。

それを見た娘が突然、破裂したように泣き出した。

「ずるい！　ずるいよ！」

「……え？　どうしたの？　何がずるいの？」

の！」

「いっちゃんがいない！　二人だけでずるい！　なんで連れてってくれなかった

「ああ、違うんだよ。この時はまださ、いっちゃんはいなかったんだよ」

言ってから気づく。いなかったから泣いている。

泣き声は金切り声になる。限界の高音でかき鳴らすヴァイオリンみたいに。

瞳の涙に怒りが宿る。取り返しがつかない。

「ごめんね。ごめん」

悲しみは共鳴する。その理由がわからない。

公園で娘と石を拾う。なるべく大きい石がいい。ひこうき雲が青を切る。公園には畑につながる狭い水路がある。そこに石を投げ込む。音が聞こえる。水面が乱れる。元に戻る。ほつれた白い蜘蛛の糸。空を駆けていく。大きい石がいい。大きい音がいい。どうせ元に戻らない。

「いっちゃん、かわいそうなひとがすきなんだよね」

「かわいそうな人？」

「うん」

「なんで？」

「かわいそうなひとは、がんばってるから。たすけてあげるの」

「いっちゃんが助けてあげるの？」

「いっちゃんじゃないと、たすけられないの」

「かわいそうじゃない人は？」

「すきだよ。でもかわいそうなひとのほうがすき。おこってるひとがすきじゃない」

「どうして？」

「おこられるとかなしくなるから」

「そうなんだ。怒ってる人って、悲しそうだよね」

「ちがうよ。いっちゃんがかなしいんだよ」

「うん。あのさ、いっちゃん」

「なに？」

砂に沈む氷山の一角みたいな石の頭を、プラスチックシャベルで掘り返している。

「このまえはごめんね。ほら、ディズニーランド。おかあさんと二人で行っちゃったやつ」

「だいじょうぶ。だっていっちゃんいたし」

「え？」

「いっちゃん、あのとき、うちゅうにいたし」

「宇宙？」

「いっちゃんさ、うまれるまえさ、こんなちっちゃくて、うちゅうにいた」

娘は親指と人差し指の間を紙一重まで薄くする。青空の向こうに雲が立つ。

「何をしてたの？」

「わかんない。おとうさんとおかあさんがいた」

「え？　おとうさんって、おとうさんでしょ？」

「ちがうよ。おとうさんとはちがうひとで、おとうさんとおかあさんがいたの。

そこからおとうさんとおかあさんのことみてたの」

「そのとき、いっちゃんは何ていう名前だったの？」

「なまえは、なかった」

「なかった？」

「だから、おとうさんとおかあさんのところにきたの」

「そうなんだ。今は名前あるよ」

「そう、いっちゃんだし」

「いっちゃん、自分の名前、好き？」

「だいすき」

賞味期限の短いものは味がいい。牛乳が切れていた。一人でスーパーに買いに出る。総菜屋から立ちのぼる揚げたての蜘蛛の糸。メンチは歩きながら食べるのがいい。娘にアイスを買おう。白いバニラ。娘に頼まれていたのはアイスじゃなくてチョコレートだった。俺は焦る。娘が泣く。妻は呆れる。メンチが冷える。バニラは溶ける。

「ごめんごめん。もう一回行ってくるよ。あ、いっちゃん、一緒に行かない？」

「いくー！」

笑いは悲しみを守っている。言いくるめた俺の安堵感を置き去りにして玄関に向かっている。涙が乾く前に笑う速さは俺にない構成要素だ。自分にないものを娘の中に見つけたとき、切なさがこみ上げる。自分と同じものを娘の中に見つけたとき、安心感に襲われる。三度目の玄関を出ると雨が降っていた。俺は娘に何を連鎖させるのか。娘はお気に入りの長靴に履き替えて傘を差す。俺は他人と歩いている。

古いアーケードの屋根にひしめく商店街へ戻る。俺と娘は傘を閉じる。屋根の根元についたスピーカーから懐かしい曲が聴こえた。

どこにあるか　みんなしってる
どこにあるか　だれもしらない
まっくら森は　うごきつづける
ちかくてとおい　まっくらクライクライ

「おとうさん、このうた、なんかこわい」
「だよね。おとうさんも怖かった」

「いまはこわくないの？」

「ちょっと怖いけど、なんか好き」

「なんでこわいの？」

「なんかね、ひとりぼっちになった気がするんだよ」

「いっちゃんいるじゃん」

紫陽花の葉は雨で映える。

アーケードの壁にかかる古いアナログ時計が午後四時四五分を差している。

「自分だけが別の世界に飛ばされて、二度と戻ってこれないみたいな気がするの」

「いっちゃん、いるってば！」

「いるいる。いるよ。いるんだけどね、暗いとこに自分だけ閉じ込められたみたいな。おとうさんしかいない世界に飛ばされて切り離されちゃうような気がして」

演歌の慕情は届かない。勇気の歌が響かない。パイプオルガンの空洞、メトロポリタンミュージアム、松任谷由実じゃなかった荒井由実。眩暈、月光、流星群。Ｃｏｃｃｏの癒えない胸の罅、パプリカのセルフカバー、去勢されたカストラートのＡｖｅ Ｍａｒｉａ。

「くらいところなの？　まっくらくらいくらい？」

「そう。まっくらクライクライ」

まっくらクライクライ。漆黒の森で泣いている。娘が長靴で水たまりを直進する。スニーカーで迂回した俺は少し後れを取る。先を走る娘が角を曲がって見えなくなる。あとに生まれた娘の背中を追いかける。その先に目的地のコンビニがあるはずだ。小走りで追いかけて曲がると、娘の向こうに駄菓子屋があった。ないはずの駄菓子屋があった。

死んだはずのおじいさんが店先に座っていて、近所の子どもが何か買おうとしている。凍らせた「すもも」二十円。五十円を差し出した子どもに「はい三十円のおつりね」と渡すおじいさんの手が震えている。デフォルトで震えていたあのおじいさんは、そういえば何歳だったのだろう。

「おとうさん、ここ、どこ？」

「おとうさんが子どものときにいたところだよ」

「なんでここにいるの？」

「大丈夫だよ。おとうさん、ここらへんのことならなんでも知ってるから」

「おうちかえろうよ」

「ちょっとだけ遊ばない？」

「えー」

「あそこでお菓子買ってあげるから。行こう！」

「じゃあいいよー！」

娘はチョコレートでコーティングされた棒菓子と、プラケースに楊枝のついたさくらんぼの味がしないさくらんぼ味のグミみたいなやつを選んだ。俺は合計四十円をぴったり渡す。

「はい、どうも」

「あの、失礼ですが、おいくつでいらっしゃるんですか？」

「そんなていねいなしゃべり方されたってね、失礼なら失礼でしょ」

「何歳ですか？」

「失礼だ！」

思いきり人差し指で俺を差す。

「そこをなんとか」

「いくつに見える？」

俺は笑った。おじいさんも笑った。娘は笑わない。

「おとうさん、はやくたべたい」

「いいよ。自分で開けてみなよ」

娘がさくらんぼ味のプラケースを力いっぱい開けようとして、力を入れすぎてぜんぶ床に散らばった。熱したフライパンに落とした水滴みたいに綺麗な跳ね方で。

おじいさんは笑う。俺も笑う。娘が大泣きする。

「ざんねん。もう一個買ってあげるから」

「ちがう！　なんでわらうの！　わらわないで！」

誇りは嘲りを見逃さない。悲しみの弾丸は撃ち抜かない。刺さった心で雲になり、秋雨のように細く降る。

「そうか、ごめん。いっちゃんがかわいかったんだよ」

「やだ！　わらわないで！　あー！」

「ごめん。ごめんね」

抱きしめようとして突き放される。ごめん、これくらいぜんぜん大丈夫だよ、ほら。でこぼこのコンクリートがむき出しになった床から一粒拾って口に入れる。おいしいよ。おいしいじゃん。これおとうさん食べたいからもう一個買うわ。もう一度手を広げる。泣きついてくる。しゃがんで娘の肩に顔を埋める。泣いた娘の体温が冷蔵庫みたいに暖かい。揺れる娘の肩に俺が抱かれたような気がして目を閉じた。最後に見えたおじいさんはやさしく笑っていた。

「おーい！　ブター！」

目を開けると畑の横にいた。坂井が大声で叫んだ。この光景はよく覚えている。大根畑があったから。草原のように密集した住宅地の間に、そこだけ禿げた畑があったから。鎌田の母親はどう見ても豚に似ていた。似ているものが似ている事実に罪はない。思うことと伝わる言葉の間にデッドラインがあるだけだ。俺たちはそのラインを知らずに踏み越えて、笑いの生贄に鎌田の母親を担ぎ上げた。

俺たちは五人いた。届かないと思ってた。でもブタの合唱は音速で大根畑を通過して、無防備な鎌田の母親に後ろから直撃した。数秒後にブレーキをかける鎌田母。猛スピードで戻ってくる。もう逃げられない。俺たちは覚悟を決めて物陰から出た。

「おとうさん、ここはどこ？　ぶたさんがいるの？　あのおにいちゃんたちしってるの？」

「知ってるよ。あれおとうさん。ちょっと、いっしょに見てて」

もうしょうがない。怒られよう。殴られてもしょうがねえよ。そう言ったのは坂井だった。五人はボーリングのピンみたいな陣形で並んだ。第一ピンは坂井。俺は二列目の第三ピン。鎌田の母は路肩に自転車を止めてゆっくり近づいてくる。どんどん近づいてくる。なぜか第三ピンを狙いすましたように俺の前に立ち止まり、ストライクみたいにつぶやいた。

「今野くんだけは、いい子だと思ってたのに」

俺だけにそう言って背を向けた。ママチャリのスタンドを蹴り上げ、助走をつけてサドルに腰を下ろし、今度はゆっくり戻っていく。俺たちは呆気にとられていた。

「今野、言ってないよな……」坂井がそうつぶやいた。そうだ。俺は言ってない。

今野くんだけは、いい子だと思ってたのに、だと。ふざけんな。知るかそんなもの。勝手におまえの幻想を俺に乗せるな。いい大人がたられば言うんじゃねえよ。叱れよ。罵れよ。ガツンと怒れよ。平手で殴れよ。あのとき俺はそう思っていた。でも鎌田の母親は別の方法を意図的に選んだ。怒りに飲み込まれることなく、悲しみの音が悲しみの音のまま的確に響く心の弦を正確に見抜いていた。完全なストライクだった。

ちょっと待て。それよりも、ブタを全力で連呼した主犯格は坂井じゃないか。今思い出したぞ。坂井は、自分がいたたまれなくなって俺をフォローしただけだ。ああいうのをズル賢いっていうんだよ。ちくしょう坂井。このやろう坂井。坂井、殴る。二十五年ぶりに殴らせろ。

「おとうさん、さかいってだれ？」

「さっきブタって言ったあいつ」

「おとうさん。いっちゃん、ぶたさんすきだよ」

「そうだったね」

「あのおばちゃん、かわいそう」

「うん。おとうさんたちが悪い。おとうさんが悪かった」

「いっちゃん、あのおばちゃんのとこいってくる」

「え？　ちょっと待ってよ」

娘は鎌田の母親の自転車を追い始めた。遅れて俺が追いかける。待って待って。謝りたいのは俺なんだ。俺に謝らせてくれ。追いつけない。娘の加速がすごい。足がうまく動かない。どんどん離れていく。お願いだ。やっと届いたんだから。こんなチャンスもうないんだって。頼むわいっちゃん。涙が出てきた。

俺こんなに足遅かったっけ？　涙で前が見えなくなってきた。娘が見えない。おちつけ。大丈夫だ。地の利は俺にある。この坂を下ってあの角を曲がれば、鎌田の家があるはずだ。俺は走るのをやめて歩いた。

坂を下って角を曲がるとアーケードだった。

壁の時計の針は午後四時五〇分を差している。

俺はまだ泣いていて、コンビニの前に娘がいた。

「おとうさん、どうしたの？　なんでないてるの？」

「いや、いっちゃん、いなくなっちゃったかと思って」

「いっちゃん、いるじゃん」

「うん。いっちゃん、いたわ」

「いっちゃんいなくなったら、かなしいの？」

「悲しいに決まってるじゃん」

「でもいっちゃん、いるし。はやくチョコレートかおうよ」

コンビニを出ると雨が止んでいた。俺と娘は傘を杖にして歩き出す。

悲しみの記憶は燃料棒のように焼けている。笑いの水を焼け石の悲しみに振りかけて、生きるための原動力を獲得する。消えない悲しみの質量を、笑いの蒸気で煙に巻く。

音は悲しみを引き寄せる。娘が生まれたとき、俺は戸惑ったのだ。この純粋なよろこびの受け止め方を。音の螺旋が始まることを。俺はおそるおそる、よろこびの音を閉じ込めた。純粋な水の音符。俺が弾き継ぎたかった音。何万回も呼ばれ続ける娘の名。

「ねえ、いっちゃん」

「なーに」

「あのさ、ブタさんのこと、おかあさんに秘密だからね？」

「いっちゃん、ぶたさんすきだよ」

娘は笑う。つられた俺がゆっくり笑う。

そうだ。坂井に連絡を取る必要がある。

まあ、もういいか。Don't look back in anger.

どうせ笑い話だ。

5分で描いてみました ①

by ゴトウマサフミ

シラフのジラフ

※下描きからペン入れ終了までの作業を5分以内で。
アイデア段階、ペン入れ後のスキャン作業等は含みません。
あわてて描いています。文字など読みづらくてすみません。

いつかの道を車で

浅生　鴨

何が不満だったのかもわからない。何かを不満に感じていたのかさえもわからない。ただ、どうしてもそこが僕の居るべき場所だとは思えなかっただけのことだ。勉強を強要される場からさっさと逃げ出し、バイクで西へ西へと向かえば海沿いの道を走ることになる。濡れた道路にはもう潮風がたっぷり満ちているのに、左手にあるはずの海まではちょっとばかり距離があって、その間にボート小屋やら貸し倉庫やらが建ち並んでいるせいで、ヘルメットのバイザー越しに海は見えなかった。

鉄道は道路と並行して走っている。対向車が来ていないことを確認しながら右へ折れて踏切を渡れば、すぐにほどけたバネのようなきついカーブを描く急な坂に差し掛かる。山の入り口なのだ。ここでは海と山がほとんど接している。バイザーを上げて顔を上に向けると、山から山を渡る電線が揺れていて、その向こうに空があった。雲があった。

クラッチを握り、左足の爪先でギアペダルを踏み込むと、ガコンと金属どうしが噛み合う音が鳴った。足の間でエンジンの振動が激しくなって、バイクは躊躇うこともなく坂道を駆け上がっていく。あまりにも急な坂道だから、うっかりすれば前輪が浮き上がってしまいそうで、僕は半分立ち上がるようにしてハンドルに体重をかけ続ける。

そうして数百メートルほど坂を上がれば、僕はもうさっき見上げたばかりの山の中腹にいて、目の下には鈍い色の海が広がっている。僕は道沿いの空き地にバイクを停めて、ヘルメットを脱いだ。空き地の端に立って海を見下ろすと、どっかりと座り込んだロボットが伸ばす腕のようなゴツくて可愛げのかけらもない金属の橋が海を二つに区切っていた。

船はロボットの腕をくぐり抜けて、橋の向こう側とこちら側を行き来している。そのまま地面に寝転がって頭を反り返らせると、視界が空で埋まる。視界の中で、空は何本もの電線で区切られていて、やっぱりこちら側と向こう側があるように思えた。

何か目的があるわけではなかった。海が見たかったわけでもなく、山に登りたかったわけでもない。ただ、僕はどこへ行けばいいのか、どこにいればいいのかがわからなかった。逃げ出して来たあの場所が、僕の居るべき場所ではないことはわかる。でも、居るべき場所はわからなかった。そんな場所があるとも思えなかった。向こう側にもこちら側にも僕の居場所はない。

照りつける陽射しが熱くて、五分もすれば額から汗がだらだらと垂れてくるのに、なぜか僕は日陰に入ろうともせずただゴロンと横になったままで、そうして飛行機が空を横切るのを眺め、汽笛が鳴るのを聞き、ときどき眠った。

陽が落ちると海風が強くなる。僕は起き上がってヘルメットをかぶり、バイクのエンジンをかけた。来た道をただ戻るだけ。それは向こう側でもこちら側でもない。変わらない日常が永遠に続くのだ。昼と夜とでは何かが違っているように見えたけれども、暗いことを除けばやっぱり同じ道だった。

何度もそんなふうにして僕はあの夏の日々をやりすごした。バイクに乗ってメータが振り切れるほどスピードを出せば、どこへだって行けるはずなのに、やっぱり僕はどこへも行くことができなかった。変わることのない風景の中を走ることしかできなかった。

特に何かきっかけがあるわけでもないのに、あの山から見ていた海の景色をふと思い出すことがある。

今となっては何が不満だったのかもわからない。ただ、いつももがいていたことだけは確かで、それはもうあまり味わいたくない感覚だ。けれども、あの日々がなければきっと今の僕はないのだろう。

いつかあの道を車で走ってみようと思った。

米（マイ）ンドフルネス　〜米粒の気持ち〜

山田英季

いつも通り、計量カップで二杯すくわれた。いつも通り、水道水をかけられた。みんな、「米は日本人の魂」だとか、「米が美味しくないお店は」とか「おいしい米さえあれば」と、なにかにつけてハードルだけは上げてくるのだから、こちらとしては、たまったもんじゃない。いいかげんＹＥＳマンではいられないし、ここらでしっかりと言うことは言おうじゃないか。

そもそも私は、クローンのように全て同じ正確無比に作られているわけではない。気候なんて、みなさまと同様、お天道様にお任せだし、最近の温暖化や自然災害には人一倍悩まされている方だ。

自然の中で生きているのだから、みんな同じに育つというのには無理がある。そんな環境の中でも優しい人が「みんなちがって、みんないい」と言ってくれるものだから、それを信じて、十粒十色でやらせていただいている。

ちなみに、計量カップ二杯で考えると一合は約六千五百粒なので、二合で一万三千粒となる。人間もこの数になれば、エリートで勉強ができるものもいれば、身体能力の高いスポーツマンタイプや、社会に順応できずに犯罪を犯してしまうものまで現れるだろう。

私たちの中でもタイプは異なるし、ヒエラルキーや社会現象的なものは同じように存在する。それを一つの釜に入れて、全て美味しく炊き上げましょうという不可能に近い考えが、あなた方、日本人の長い歴史の中での一目標であり、永遠のテーマになっているのだから、計量カップなんていう、元々水分を計るために作られた道具ではなく、キッチンスケールを使って、一合150gをキッチリ計ってもらいたいのだ。

【米粒の言い分、その一】

一合は150g、キッチリ計ってほしかった。

次に知ってもらいたいことは、収穫から貯蔵、出荷という流れの中で、私の乾き切ったお肌についてのことである。

昨今、YouTubeでアラームと共にベッドから体を起こし、長めの前髪をかき上げながら自分の一日の始まり、モーニングルーティーンなるものを紹介する動画が流行っている。寝起きなのに、おしゃれなお姉さまは、眠そうに目をこすりながら、きれいに整頓された洗面台の前で、お肌のコンディションをチェックしたあと、ホイップクリームのようないでたちの洗顔ソープで優しく顔を撫で、ふわふわのタオルで余分な水分を拭う。その後で、たっぷりと化粧水を手にとり、両手をすり合わせて人肌に温め、この世で一番繊細なものにでも触れるかのように自分の頬や額に時間をかけて浸透させていくのだ。

私だって中国から伝わってからこれまで、ツヤが自慢で三千年近くやってきたのだから、そんな風に扱われてみたいし、手をかけてもらいたい。さらに追い討ちをかけるように最近では、おいしさと利便性を追求するあまり、精米の段階で昔よりも、私の皮膚は厚目に剥かれ、元々、肌の強い方ではないのにより一層、乾燥肌に悩まされている。

では私の乾き切ったお肌にどう潤いを取り戻すのか？

それは、まず表面についた汚れを落とすことから始まる。キッチリ計量された私たち米粒をきれいな水にサッと潜らせ、表面の汚れを落としていただければいい。この時、砂漠のような私の肌は一番潤いを求め、吸収しようとするので、できるならば浄水器を通した水かミネラルウォーターを渇望する。この工程をできるだけ早く終えて、次は洗顔、いわゆる研ぐという工程へと入っていく。

昔の米を研ぐ擬音には「ザッザッザッ」と手の平を押し付けるような音が使われていた。あの頃は、今のように精米で厚く剥かれていたわけではないので、それぐらい強くやらないと逆にぬか臭さが残ってしまっていた。今は精米技術が上がったので、正しい擬音は「シャッシャッシャッ」と軽快で優しい音である。この時、手は架空のソフトボールを掴むように鷲掴みの格好で固定し、ボウルの中を大きく九回まわす。ボウルの中で広がった米粒を中央に集め直して、同じことを三回繰り返す。ここに水を注いで二回すすぐ。たった五分のことで表面の潤いは取り戻せるのだが、私の奥にあるキレイで純粋だったはずの心にはまだ届かない。

そのためにお願いしているのが、浸水だ。

研ぎ終わったボウルに水をたっぷりと加え、そのまま一時間、いや時間がない時は三十分で許そう。私にとって、この時間はメディテーションのようなもので、心を空っぽにしながら、自分の良いところも悪いところも水に流そう、時の流れに身を委ねようという時間となっている。よってこの水で炊いてはならない。もちろん一部の旨味成分もその水に溶け出しているのだが、不純物や邪念が混ざっている。

浸水させた水を捨て、できるだけ冷たい新しい水を米粒と同量、一合に対して、１５０㎖を加えて、炊きはじめることをおすすめする。

【米粒の言い分、その二】

まずはキレイな水で汚れを落とし、優しく研いだ後、できれば一時間、少なくとも三十分浸水させる。

【米粒の言い分、その三】

不純物の流れ出した浸水で使った水を捨て、できるだけ冷たい新しい水を一合に対して、１５０㎖加える。

（冷たい水で炊き始めることで、旨味と甘みがひきだされる温度が長く続く）

これまでいつも食べて頂いている身でありながら、身勝手な意見を押し付けるかたちになってしまったことを深くお詫びしたい。ただ、手をかけて頂いた私は、邪念や煩悩から解き放たれ、全てを受け入れるのです。ここからは、炊飯器、羽釜、土鍋、はたまたフライパンであってもいいのです。ただあなたがやりやすい方法で炊いて頂ければ、あなたの願うツヤツヤでふっくらとしたおいしい米粒となって参ります。

ただし、火から下ろして、その時が来るまでは、五分でも八分でもなく、十分。何があっても蓋を開けず、じっと待っていてくださいませ。

【米粒の言い分、その四】

炊飯方法は、やりやすい方法で構いません。ただし、炊飯器でも水位線を信用せず、計量した一合の米粒に対して１５０㎖の水を守ってください。

米粒の炊飯方法

材料（二合分）

お米　３００g
水　３００㎖

炊き方

① お米をしっかりとキッチンスケールを使って計量する。

② ボウルに入ったお米に、浄水器を通した水か、ミネラルウォーターを加えて、サッと洗い、すぐに水を捨てる。

③ 手を架空のソフトボールを掴むように鷲掴みの格好で固定し、ボウルの中を大きく九回まわす。ボウルの中で広がった米粒を中央に集め直

して、同じことを三回繰り返す。ここに水を注いで二回すすぐ。

④ たっぷりの水を加えて、一時間浸水させる。（時間がない時は三十分でも）

⑤ 浸水させた水を捨て、できるだけ冷たい水を米と同量、一合に対して１５０㎖加える。

＊炊飯器の場合はここで、早炊きのモードで炊飯する。世の炊飯器は、炊飯ボタンを押してから、しばらく浸水させるために火はついていない。

⑥ 炊飯器以外の鍋に関しては、中火にかけ、沸騰したら弱火に落とし、十分炊く。

⑦ 火を落として、十分蒸らす。

【米粒の余談】

一人暮らしで、あまり自炊をしない人ほど、手軽な無洗米を使いたがるけど、私の肌は精米日からそんなに耐えられるしろものではないので、おすすめしない。無洗米は、忙しいけど、毎日、自炊する人向けである。

スイスイ

耳をすませど

編集　中島洋一

あの日、男の汗がまとわりついた体を、洗いもせず大学寮に着いた。その男の名前はもう思い出せないのだけど、彼が働いていた部署名と好んでいた体位は思い出せる。

私は自分の部屋についてすぐ、真っ暗な部屋の真ん中で急いでパソコンを開いた。オレンジ色のｍｉｘｉ画面に新着メッセージが届いてた。

「アンさんは、マジックアワーのカーテンみたいな人ですよ」

ジブリくんからだった。その文字列に私は思わず「カーテン……」とつぶやき、頭の重みを預けていた肘から頬を離した。画面のまぶしさに目を細めながら「つまり私は布ってこと？」と打ち返す。

「真剣なんでバカにしないでもらえますか」

「まったく意味わからないけど、私をかなり誤解してると思う」

「大丈夫。誤解してるのはアンさん自身なんで。今日も就活ですか？」

「うん」と打ちかけて手が止まる。

今でも説明がつかないのだけど、なぜかその瞬間、あの男とはもう会わないでおこうと思った。

携帯に手を伸ばし男の番号を着信拒否にしたあとｍｉｘｉに戻り「うん。説明会」と返した。やりとりはそこで途切れる。

だけど数日後には、また脈絡もない言葉遊びみたいなメッセージが届くのだった。そういうことが度々あった。

あの頃、大学4年生になったばかりの私は、毎日写経のようにエントリーシートを書いていた。

やっと行きたいと思えたマスコミ系の会社は書類で全部落ちた。真っ黒の髪をきつくしばる自分にも見慣れはじめてた。

私生活では1ヶ月くらい付き合った会社員の男と別れたのにズルズルと連絡を取ってしまっていて、その男と付き合ったときは1ヶ月半付き合った他大学の理系男子と別れたばかりで、その理系男子と付き合ったときは、2週間付き合ったバイト先のヘルプの人と別れたばかりで、その前も前もそんな感じだった。

闇雲に不特定多数と関係を持とうとしていたのではない。

永遠に一緒にいると思っていた彼氏に振られてから約1年、その状態が続いていた。少しでも早く軌道修正がしたくて焦ってた。なのに結果、堕落した男女関係の輪唱のようになってしまっていたのだった。

どんどん堕ちていくようなその連鎖を止めてくれたのが、ジブリくんだった。何の前触れもなく日常にヌッと、無表情で現れた。

「新入生のジブリくん。かわいいでしょ」

アメリカ民謡研究会、通称〝アメ研〟の溜まり場で、真子は彼をそう紹介した。なぜジブリくんなのか彼女に尋ねると「耳をすませばの主人公とアシタカを足して2で割った感じだから」と誇らしく答える。

真子とジブリくんが所属する「アメ研」と、私が所属する「軽音」。その両部のスタジオがあるF棟は、キャンパスの最北端に広がる鬱蒼とした森の中にあった。

F棟の軒下、濁った沼の前が「アメ研」の溜まり場で、私と真子はそこに置かれたベンチに座ってた。急に現れた彼は少し離れたコンクリートに直に座り、ハードケースからギターを取り出したところだった。

「沢です。はじめまして」そう応えた低い声に被せるように真子は「この子、天才なんだよ」と語り始める。

去年ネットに載せた音源が話題になり、名古屋や東京のラジオに数回出ながら音楽雑誌にも出て、もうすぐ有名なインディーズレーベルからCDも出るらしい。

紹介の途中で手元のギターを触りだした彼は、メモをとる作業を何度か繰り返したあとすぐ帰っていった。そんな無愛想ともとれるジブリくんの様子を「あの童貞感が最高」と真子は繰り返してた。

去り際、目が合った。もしかしたらあのとき、彼には何か聴こえていたのかもしれない。犬にしか聴こえない音があるみたいな、私からの、かすかな悲鳴のような何かを。

それからのことを、真子がどこまで知っていたかはわからない。

初めて会った数日後、私と彼はふたりでモツ鍋を囲んでた。その日ジブリくんは私のバイト先であるカフェに突然一人で来て、店の名物であるプリンを食べながら私の勤務が終わるのを待っていた。そのまま近くの居酒屋に入った。

鍋の湯気越しに彼を観察する。

たしかに、無造作な黒髪と整った顔の造形は『耳をすませば』の聖司くんだった。だけど目の奥の奥からすべてを突き放してるような、群れを成さない動物の感じは『もののけ姫』のアシタカ。妙に低く耳障りの良い独特な声が、さらなるジブリ感を助長してた。

「沢くんプリン好きなの？　あのカフェよく来るの？」

「いやアンさんに会いに行っただけで、プリン目当てじゃないですよ」

「そっか。真子に聞いたの？」

「そうです。アンさんいつからあそこで働いてるんですか」

「2ヶ月前とか」

「圧倒的に浮いてましたよ」

「え？　はじめは金髪だったから確かに浮いてたけど、もう浮いてないよ？」

「いや引き続き浮いてますよ。なんであの店なんですか？」

私は一呼吸おいて答える。

「プリン好きだからだよ」

ジブリくんはモツを食べながら、目線だけこちらに向ける。

「プリン好きなんですか？」

「いやそんな好きじゃないよ」

「気分を変えたかったんですか？」

「気分……というか、全部変えたかったのかな」

「何か変わりました？」

「何も。沢くんなにかバイトしてる？　ちなみに私の名前、本当はアンじゃないよ」

「知ってますよ、アンは神様なんですよね」

「知ってるんだ」

真子と私が出会った「宗教論」という授業にはさまざまな神がでてきて、以来お互いに好きな神を名乗りあったのだった。私がアンで彼女はベスだったのだけど、いつからか彼女だけ真子に戻ってる。

「バイト、僕は高2まではマックでしてたんですけど、今は音楽活動が忙しい感じです」

「そうだ、天才なんだった」

会計は彼が頑なに払うと言い張ったけど私が払った。その夜から、ときどきメッセージが来るようになった。

天才は多忙を極めたのか大学にはほとんど来なかった。私も梅雨明けにやっと内定が出てからはバイトばかりして過ごして、会わないまま夏になった。メッセージが届くのは決まって深夜だった。

「アンさんほど詩的な人を僕は知りません」

「どうしたの」

「どうもしてないです。いつも思ってます。アンさんの文章はアンさんそのものだって」

「私の文章は、私の中のバグみたいなものだと思ってるけど」

「いや、アンさんそのものですよ。アンさんそのもの。何度も読んでる」

1年前の大失恋から、毎晩少しだけお酒を飲むのが癖になってた。すぐに酔っぱらう私はすぐにｍｉｘｉを開き、脳味噌をひっくり返したように、文章にもならない詩のような日記をオレンジの画面にぶち撒けてた。仲の良い友達も恋人達も、それに対しては一切スルーだったのに、ジブリくんだけがそれに目を向けてくれた。

「ありがとう。自分でも意味わかってないけど」

「ずっと書いて欲しいです。アンさんにしか書けないから」

天才からそう言われると、吐瀉物みたいな文章も、もしかしたら全部意味があるように思えてくる。

夏が終わる頃、たまにＦ棟付近で見かけることもあった。だけどお互い誰かといて、話すことはなかった。

「アンさん今日遠くから見ましたよ」

「私も見たよ、スタジオ向かってたでしょ」

「そう」

「沢くんメガネしてたよね？」

「うん、どっちがいいですか？」

「してないほうがいい」

「わかった、一生しない」

　文字だけのやりとりだと、彼がふざけてるのか真顔なのか全然わからなかった。だけどなんとなく、そこでの彼は目の奥までも見据えて話してくるようで、その距離はどんどん近づいてしまっていた。

「会いたいんですけど」

　そう一言だけ来ることもあった。そういうときは「私も」と返した。本当に会いたい気もした。「会おうよ」とはならなかった。

「沢くん、ＣＤ聞いたよ。最初のと3曲目が好きだった。日本語の歌詞は書かないの？」

「うれしい、ありがとう。歌詞、日本語は書かないです。今のバンドのは英語でもなくて、僕が作った言語なんです」

「これ何語なの？」

「僕の言語です。僕しか翻訳できないの。そうだ、アンさん。あたらしいアルバムの曲、アンさんのことも入ってますよ。気づきました？」

「どれかわかんないよ」

「いつかわかるよ」


秋になった。日曜朝のがらんとしたメインストリートには、色とりどりの枯葉が高速で転がっていた。

学部の友達は短期留学やインターンに忙しそうで、カフェのバイトも辞めてしまった私は大学の図書館を出たところだった。遠く、ゆっくりこちらに向かい歩いてくるジブリ顔の彼がいた。心臓が少し跳ねた。

「現実で話すの久しぶりだね」と私が言うと、「メールも現実ですよ」と答える。

「アンさん最近忙しいですか？」

「忙しくないよ。沢くんはツアーが始まるんだよね？」

「そう。だから再来週から忙しいです。あ、どこか、でかけませんか？」

久しぶりに顔を見るジブリくんは目が合わなくて、目が合いそうになると瞬きをして逸らしている。私も真似して高速で瞬きをすると「またバカにしてる感じですか」と眉根を寄せた。

私たちはその翌日、彼がずっと行きたかったらしい、愛知県から少し離れた小さな水族館に行くことになった。

岐阜に住む彼と名古屋に住む私は微妙に経路が違って、水族館の最寄り駅に集合ということになった。

黄金色の田んぼがどこまでも広がる景色を抜けて電車から降りると、改札の外で両手を振ってぴょんぴょん飛びながら、私の名を呼ぶ男の子がいた。陽気に笑うジブリくんだった。

「え、水族館行くのになんで酔っ払ってるの？　バカなの？」

「高校の時、修学旅行でディズニーランドいきました？　うちの高校はそんなチャラついてなくて、鎌倉だったかな？　大仏と色んな寺だけ見て帰ってくるみたいな感じでそれを楽しみにしてたのに、なぜか僕の年だけ実験的にディズニーランドだったんです。それがむかついて、水筒にビールを入れて持って行ったんです、一番仲良い友達と二人で。うちのじいちゃんが冷蔵庫にいつも大量に冷やしてたビールを水筒2つに入れて」

いつもと雰囲気が変わり、人懐っこくニコニコ話すジブリくんは弾むような足取りで隣に並び、小さな水筒を見せてくれる。

「それ珍しい話みたいに言ってるけど私の中学の修学旅行でも、水筒にビール入れてるヤンキーがいたよ。いま反抗期なの？」

ジブリくんはそれには何も答えず、私の右手にひょいと手を絡ませて進む。手を引かれたまましばらく歩いて、やっとたどり着いた水族館の正門は頑丈そうな鎖が巻かれていた。

「定休日：月曜」と書かれた看板の前で立ち尽くす。しばらくそのまま門の前の段差に座って、ゼミやバンドの話をしあっていたら日が陰ってきて、宙を見つめて彼は呟く。

「この水族館、来たことあったんです」

「そうなの？」

「たしか、ヒトデに触れるっていうのを楽しみにして行ったんです。母親と父親と三人で。小学校低学年とかだと思う。母親は、その少しあとから家に帰ってこなくなって、僕が高校に入った頃から父親も一緒に住んでないんですけど。でも、この水族館のことはすごく覚えてる」

「それがすごく楽しかったってこと？」

「いや、全然」

そう言うと彼は急に立ち上がり、こちらに右手を差し出し、私はそれを掴んでまた並んで歩く。

「あの日、三人で一応中には入ったけど、途中で僕が、メダルか何かが欲しいって言ったんですよね。百円玉何枚かを入れると出てくるタイプの。でも、母親も父親も財布に小銭がなくて、母は両替してくるって言って、でも父はそんなことしなくていいよって、また今度にしようって言って、それきっかけでなんか言い合いになって。多分その頃、いろんな言い合いが解決しないまま毎日が過ぎてたんです。それがそこでまた繰り返されただけなんだけど、僕はそのとき、せっかく家族揃って楽しい水族館に来たのに、僕のせいで二人が喧嘩してしまったと思ってかなり悲しくなって。おまけにそれで母親がかなり不機嫌になっちゃって、それでそのまま、ヒトデに触れないで帰ったんです。どちらかといえば悲しい思い出」

暗くなっていく畦道を駅に戻る。彼の背景の田んぼは、青みがかった灰色に染まってる。

グゴゴゴゴゴージジジーーピーーーーーン
シャイシャイシャイシャイ、ジーン、ジーン
ドゴドゴゴロゴロゴーゴー、シャイシャイシャイシャイ、ジーン、ジーン

野太いカエルの合唱に甲高い鈴虫の主張が重なる。どこからか金木犀の香りがする。私も口を開く。

「ちなみに私も来たことがある」

私がそう言うと、彼がこちらを見て、

「宮道先輩と？　アンさんが去年別れたショックで精神を病みそうになるくらいに好きだったあの、宮道先輩と？」と一気に言う。

「真子に色々聞きすぎだよね？」

「真子先輩が色々言い過ぎなんですよ。僕が聞きたいわけじゃない。というか、なんで真子先輩と仲良さそうにするんですか？　そんなに合わないでしょ」酔いが覚めてきたのか、いつもの無表情で彼は言う。

「なんでだろ。考えたことなかったな」

「僕あの人好きですよ。宮道先輩。F棟全員顔見知りですよね、すれ違うだけでハイタッチされる。軽そうに見えて優しいですよね」

真っ暗になりつつある細い道に軽トラックのヘッドライトが近づいてきて、彼は私の両肩を支えて隅に寄せて立ち止まる。ライトが通り過ぎると、私たちはまた並んで歩き出す。

「水族館には2時間もかけて着いたのに、駐車場で私がなにかに怒ったんだよね。結局車から降りずに、私がずっと泣いたりして、1時間以上そんな感じだった。でもまあそんなの宮道は慣れてるから、ずっと私をなだめてて、そのあとチーズケーキ食べに行こうってなって、だからあの日、私も中に入ってない」

「そうだったんだ。こうして来るのは、大丈夫だったんですか？　気持ち的に」

「大丈夫だった。誰かに落ち着いて話すことで気持ちが整理できるのかな。こうやって記憶は薄まってくのかな」

光があふれる小さな駅が見えてきたとき、ジブリくんは立ち止まって続けた。

「あ。いいこと考えたんですけど。ツアーしませんか。こうやって思い出を巡るやつ。僕あと5ヶ所くらい行きたいとこある」

「いいかも。私も100ヶ所ぐらいある気がする」

「決まりですね」

そうして、ジブリくんが忙しくなるまでの2週間。私たちは思い出の場所を巡ることになった。

前半はジブリくんの思い出の場所だった。小さい頃に家族でモーニングによく行ったという喫茶店。お母さんと二人で行ったという百貨店の屋上。遊具が少ない公園。自動改札機もなくて駅員もいないさびれた駅。その駅前の駄菓子屋の跡地。すべてなんでもない場所だったのに、彼が思い出を話すと私まで、会ったこともないお母さんの眼差しを浴びているようだった。

彼はいつも水筒になんらかのアルコールを入れて、麦茶みたいな勢いで飲んでた。それなのに全然トイレに行かないから、ますます二次元の人みたいだった。

「母親が出てってから、家に麦茶がなくなったんですよ。たぶん毎日母親が沸かしてくれてたのかな。それで、僕は小2くらいから、家で取る水分はほとんど父親と一緒のインスタントコーヒーだった。だからかなあ、中学入って全然眠れなかったな。あの頃は、ばあちゃんもいたはずで、ごはんはちゃんと作ってもらってたんだけど、水分だけ、なんでだったのかな。おもしろいな」

すぐに赤くなる私は一口もらうくらいだったけど、19歳の彼はどれだけ飲んでも顔色を変えず、中身がなくなるとコンビニで適当に買って注いでた。


後半の1週間は私の思い出の場所だった。

名古屋から電車で40分の海水浴場。宮道とは夜中にしか行ったことがなかったけど、明るい時間に行ったら子供たちが裸足で砂遊びをする平和な場所だった。砂浜であぐらをかくジブリくんの頭の上に、私が一枚ずつ貝殻を積んだ。それが崩れたら一緒に拾って、また私が積んで、それを繰り返して日が暮れた。

閉店直前に二人でよく行ったケンタッキーでも、喧嘩後にたまに行ったチーズケーキ屋さんでも、ジブリくんはおいしそうに食べながら、思い出を聞いてくれた。

「宮道さんとはレストランに行くとか、そういうデートっぽい食事はしなかったの？」

「しなかった。明るい時間に外に出ることもなくて、暗いか狭いかのところにしかいなかった」

思い出のラブホテルに入る時、さすがに「大丈夫？」と聞いたけど「大丈夫」と険しい顔で答えたジブリくんは、部屋に入るなりお湯をいれていないバスタブで羅生門を読みはじめた。

かつて何十回も来た。朝から8時間くらい過ごして、たまに泊まった。いつのまにか同じ角部屋ばかり選んでた。

部屋の真ん中のベッドに横になったまま、赤茶色の天井を見つめる。そこにあったシミが少し小さくなってる気がする。BGMを調整する機械をみたときも、こんな形だっけ？　と戸惑った。

この1年頭の中で反芻していた光景がこぼれ落ちていくような気がして、思わず目をつぶる。

真っ暗な視界のなか、だんだん浮かぶ。はだかの宮道が、ベッドから上半身だけずらすようにして、灰皿に手を伸ばす。私は足を伸ばしてシーツの中で一番冷えた場所を探す。そこを宮道に教える。煙草をくわえた宮道は、こっちのほうが冷たいよ、と新しい箇所を指差す。私はそちらに転がりながら抱きつく。だけどその感触は砂みたいに消える。あれらは現実だったのだろうか。私は何と寝ていたのだろうか。

気づいたら眠ってた。「ハイ起きて～」とおでこを触るジブリくんに起こされて、靴を履かされて、部屋を出た。

最後は、宮道と一度だけ車で行ったことのある山だった。

ツアー中、ジブリくんは「思い出と別の交通手段で行ったほうが過去を客観視できるよ」という主張で電車やバスを駆使することにこだわっていた。宮道とは車で登ったし、さすがに今回は車で行こうと言ったけど、何度聞いても頑なだったから、一緒にアウトドアショップで揃えた一番安いブランドの登山服で電車に乗った。方位磁石を2つも持ってきていた彼が改札の手前で「遭難だけはまぬがれよう」と宣言したら、それを聞いていた駅員さんが「この山で遭難する方が難しいぞ」と笑ってた。小学生でも2時間あれば山頂に着くらしい。

登山というより、少しだけ斜めになった道を進むピクニックみたいな、平和な時間だった。平日だからなのか私たち以外に登山者は一人もいなかった。ときどき聞いたこともない鳥の声がして、みたこともない長さのムカデを踏みそうになったりしながら、木漏れ日のなか、宮道のことやジブリくんのお母さんの話をしたりした。

この山には宮道と付き合って割とすぐ、真冬の深夜に夜景を見にきた。あの日頂上に着いて、車の外に出ると風が頬に刺さるようで、後ろから抱えられるようにくっつきながら、コンクリートの道を数十メートル登った。展望台近くに着いて、二人同時に夜空を見たら、その瞬間に、嘘みたいに大きな流れ星が横切った。私たちは目を丸くして見合った。恐ろしくなるほどに満たされていた。

「雨雲かな」

ジブリくんが調べてくれていた天気予報は外れたようで、気づけばだんだんと、黒い雲が迫っていた。途中で降りようかとも話したけど、あと少しで山頂に着きそうだったから、一旦上まで登ろうと小走りで進んだ。

結局、山頂に着く前にものすごい霧であたりがまったく見えなくなった。暖かく濃い湿った霧の中で、視界が効かない。

「これは死っすね」

「死かな。霧が引くまではこの辺で待機しようか」

「そうですね、すぐ下のベンチまで降りましょうか」

少しでも離れるとお互いのことも見失いそうな濃い霧だった。ジブリくんに支えられながらゆっくりと下り、冷えた木のベンチに並んで腰掛ける。少し前から携帯の電波もなかった。

ふたをあけて水筒を差し出す彼が、「あったまるから」と言うので飲んだら、ウイスキーの香りが鼻の奥に抜け、肩を引っ付けあっている彼の匂いと同化する。

「私たち、夜までこのままだとしたら凍える方向の死が待ってるかな。夜はふつうに寒そう」

「その場合はいよいよ裸で温め合うしかないですね。セックス死」

「え？」

「いや突っ込んでよ」

「それ、どういう状態で見つかるんだろう」

「アンさん？　ここでセックスしないよ？　冗談だよ？」

「そうだよね」

だんだん冷えてきて、かじかむ手を握り合う。とおくに聞いたことのない生き物の雄叫びみたいな声がして、正体は見当もつかない。

「あのさ、大事な話をしても良いですか？　もしかすると本当に死が迫ってるから」

「なにこわい」

「僕の母は、アンさんみたいな人なんですよ」

「お母さん？　見た目？」

「いや、見た目も性格自体も違うし説明しづらいんですけど、気配というか」

「気配」

「小さい頃、母が僕に読み聞かせてたのは詩集で。高校の頃、思い立って調べたら70年代に活躍したフランス人で『青の詩人』って呼ばれてて。青を偏愛した詩ばかり書いていたらしいです」

「青の詩人」

彼は急に目をつぶった。

〝木霊が振動するのは お前の液状の言葉のせい
星の欠けた言葉のせい その底はもはや見えない
黒く黒く黒すぎて
アルコールの青に変色する……〟

「なに？　え？」思わず顔を覗く。

「……あ、ごめん」

「それを、読み聞かせていたってこと？　その、詩を？」

「うん、意味わかんないですよね。実際この3倍はある」

「暗唱できるんだね」

「いやずっと忘れてたんだけど、高校のとき読み返したら一気に思い出して。これを唱えるたび、母さんの気配が蘇る」

「その気配が私に似てるの？」

「うん。それを読む母親の顔からなんていうんだろう、その、まさに青っぽい気配が滲み出ちゃってて。その気配がさ、アンさんの詩や佇まいにも共通してる気がするんだよ。初めて会った時から思ってた。それでｍｉｘｉを見たら、書いてたでしょ。蓋をし続けてるって。青く煮える洞窟に、今日も蓋をし続けてるって。何が言いたいかと言うと、アンさんには突然いなくならないでほしいなと思う。僕の前からいなくなるのはもちろん自由なんだけど、アンさん自身の前からいなくならないでほしいというか」

酔いが回ってきたのか思考が蕩ける。

「あのさ私も、誰にも話さなかった話をしてもいい？」

なぜこんな話をしてるんだろうと思いながらも一息に話した。閉じていたはずの蓋が数ミリずれる。

それは宮道と私が別れる数ヶ月前の出来事だった。私はいつも宮道の友達の家で泥酔していた。私やたらと寒い夜だった。私はいつも通り、宮道の友達の家で泥酔していた。私と宮道と、その友達とその彼女の4人で飲んでたし、お酒に弱い私はいつも少量で酔い潰れるし、私が酔い潰れるから宮道はいつも車で来ていたし、運転しなきゃいけないから宮道は飲んでないし、なぜ運転するかというと結局そのあとホテルに行くためだし、本当にすべてがいつも通りだった。

なのだけど、その友達の家にいるとき、妹から電話がかかってきた。明日朝早くから親戚の家に向かうから、今日中に実家に帰ってくることを、覚えているか確認する内容だった。全然覚えてなくて、宮道に実家まで送ってほしいと伝えて、私たちは友達の家を出た。宮道に抱えられるように7分くらい歩くと、大学が見えて、その脇を通って、10分くらい歩くと、駐車場だった。

少し歩くけど、夜間料金が安くて大抵そこに停めてた。

20台分くらいの大きな駐車場の半分くらいが埋まってたと思う。

アルコールが頭のなかで激しく脈を打つように暴れていて、身体中が熱くて、それなのに私の奥歯はガタガタと震えて、料金を精算しに行く宮道は、先に車に入っててと車の鍵をあけた。一人で転びそうになりながら、ドアを開けて助手席に埋もれるように座ると意識は蜂蜜みたいに蕩けていって、手の先が痺れて、眉毛の間がぼわんと膨らむようで、頭だけ浮いてるような心地で、外を見ながら言葉がでない。運転席に乗った宮道は大丈夫？　と言いながら暖房で急速に車内を温めようとしてくれる。半分閉まりかけた視界にうつる窓ガラスは、一気に真っ白になって、外が見えなくなっていった。

そのとき突然、運転席から宮道が覆いかぶさってきて、そのまま助手席のシートは半分だけ倒されて、宮道の体重が思い切り私にかかった。気づいたら私はスカートの中の下着だけ下ろされていて、宮道もベルトを外していて、そのあと、すぐにそのまま宮道の性器が挿入されてた。痛かったけど痛いと言わないように、とにかく気持ちよさそうにした。動き続ける宮道の頭を抱えて、目が合わないようにしていた。避妊をしてないことに気づいていて、どうするのだろうと思っていたら、多分そのまま中で射精していて、私は心の奥で「そうなんだ」と思ったけど何も言わない。そのまま私は下着をあげられたけどおかしな風に食い込んだまま、コートをかけられて、そのとき、バンバンバンバン、と車の真横を誰かに叩かれて、何人かの笑い声がして、宮道はシートベルトも締めないまま、車を出発させた。いつの間にか窓ガラスの曇りはほとんどなくて、薄く開いた目から街灯の白い灯を何本か眺めたあと、私はきつく目をつぶって眠ったふりをした。駐車料金を支払ってから出庫できるのは5分だっけ？　10分だっけ？　ということばかり考えて、それ以外は考えないようにした。それから、次の日もその次の日も、そのことを思い出しそうになっては、記憶の隅に追いやった。はずだった。

一気に話した私は頭の奥が痺れる。そのまま続ける。

「私はあの日のそれを、爪を切るようなものだったたって思ってた。何も傷ついてない。男性不信にもなってない。その後セックスも全然できる。止めなかったし、同意してたようなものだった。でも何かが悲しかった。しかもそういうことは、宮道以外にも何度もあった。なんでこんなことしてるんだろう、されてるんだろう、と思いながらすることが、何回もあった。そういう相手といるとき私はいつも、自分が透明になったみたいに感じてた。私という存在のなかで、そういう行為に必要な部分だけに色がついていて、それ以外は透明だった。たとえば私がどういう考えを持ってどういう人間性かとかは、少なくともその関係の中においては、存在しない。彼らの視線は私を通り越してる。貫通した視線のなかでそういう行為をする。そのたびに、自分の中に冷たい何かが溜まっていってた。ときどき夜中にそれが溢れ出しそうになって、かわりに文章を書く。沢くんのお母さんとは違うかもしれないけど。えっと、じゃあ私は、そういう気持ちをどこでどうしたらいいんだろう」

黙って目を合わせて聞いてくれてたジブリくんは、静かに言った。

「自分でなんとかするんだよ」

思わぬ答えに私は「へ？」とバカみたいな声を出す。

「いや、人に頼ったってもちろんいい。だけど残念なことに、僕も誰もアンさんの記憶や思考の中までは潜れないし、これからすべての瞬間死ぬまでずっとアンさんの側にはいられないから。だからアンさんが自分で、そういう大切な感情を、全部、なんとかするしかないと思う。自分の声を自分自身にまでもスルーされたら、もう叫べなくなっちゃうから。自分のことを、無視しないんだよ。そうしたら、きっと、繰り返さないよ」

そう言うと彼は息を吸い、右手の親指で私の頬を拭って言う。

「あなたは透明じゃないよ」

そして、突然少し声を張って「生きろ」と言ったあと続ける。「そなたは、美しい」。

「いやアシタカ笑ってるやん」と私がつられて笑うと、急に霧は晴れて、顔を見合わせた私たちは「わ、降りよう」と同時に言う。まだ日は沈んでなくて、急いで降りたら30分もかからなかった。

それからも何度かメッセージのやりとりをしたけど、すぐに途切れた。ジブリくんはバンドツアーのあと休学してしまい、そのまま大学には戻らず上京した。

一度のやりとりもないまま、5年が経った。

26歳になった私は、東京の小さな広告会社で働いている。ジブリくんは去年バンドメンバーを一新してすぐにメジャーデビューしたらしい。お互い東京にいたけれど、ｍｉｘｉにはログインしなくなっていったし、真子とも疎遠になっていたから、連絡するきっかけもなかった。

そんななか流行り出したFａｃｅｂｏｏｋに登録したら、その数日後にジブリくんから突然、友達申請とメッセージが届いた。フェスに出るから良かったら来てという内容だった。

「家族で北海道旅行に行ったことがあって、だからいつかライブする時はアンさんも来てくださいね。思い出ツアーのラストだよ」

いつだったかそう言った彼の言葉が蘇って、すぐに航空券を取った。直前だったからかフェスのチケットは売り切れで、ジブリくんが郵送してくれた。

北海道の夏の夜風は、東京のそれより分厚い気がする。

会場で3番目に大きいステージなのに、どんどん人が集まってくる。ステージと私の間5メートルくらいが人混みで埋まっていて、後ろを振り返るとさらに群れが膨らんでいく。マイクテストが終わってスタッフらしき人たちは去り、誰もいないステージの真ん中には、見覚えのあるエレキギターが佇む。彼のバンド名が背に書かれたTシャツ達が、私の前で少し浮いたような気がして、そうしたら、スピーカーから大きな音楽が流れはじめて、歓声のなかを男の人が二人、女の人が二人、そして最後に、彼が現れた。

跳ねる後頭部の合間から、表情を全部抜き取ったようなあの顔が見える。黒いパーカーにジーンズ姿の彼は、ギターを掴んで体にかけ、どこかに合図を送った。その瞬間、光と音が溢れかえる。

人工的なライトに顔面を照らされるジブリくんは、真顔のまま何を言ってるかわからない言語で歌い続ける。MCは一切なく淡々と進む。そのあいだずっと彼の顔を眺めていたら、突然、4曲目の途中で目が合う。合った、気がする。いや確実に合ってる。合い続けてる。彼はずっとこちらを見つめたまま歌い続ける。以前にも増して研磨された、突き刺すような視線だった。

4曲目が終わって、ジブリくんがマイクに近づく。歌声とは別人のようなぼそぼそとした声で「デビュー前の曲、一曲だけやります」というと全体から拍手が起こる。

彼はメンバーになにか手振りで伝えると、エレキギターを肩から外しエレアコに変える。

すると一人で、ぽろぽろ摘むように、弦をはじく。歓声が広がる。

5年前に出たあのアルバムの、1曲目だった。ジブリくんしか分からないはずの歌詞は、とっくにファンサイトで解析されてたけど、何かを裏切る気がして見れなかった。

CDでは歌い出す直前に他の楽器も入ってくるはずだったけど、この日はジブリくんのギターだけだった。会場は静まる。ジブリくんが息を吸う音にエコーがかかる。そのすぐあと、低くのびる歌声が夜に放たれる。わけのわからない言語で続くその歌がこの日はなぜか意味がわかった。

ふかい青が重なって　茜空に　のしかかる
夜をはじめる　さざなみが
窓から染み込む　後悔のように

カーテンレールにくくられた
すべてを睨んで揺れる布
くたびれて　苦痛に惑う　君みたいだ

いや違う。ジブリくんが自分で、日本語で歌ってた。あたりは少しざわつくけど、すぐに制される。いつもとはあきらかに違う、心臓まで貫通するような、おそろしく鋭い鉄の声に。

ねえ　甘いだけの季節はおわる
ぱちぱち　はずれて　外に出るんだ
布科の君は　新生物
前代未聞の　変異　遂げるよ

ぱちぱちぱち　ぱちぱちぱち
僕は　そばに　いれないけど
ぱちぱちぱち　ぱちぱちぱち
飛ぶんだよ　自分だけの　思うまま

幸福や愛なんてクソだよ
君は　カーテン　戻らないで
君を千切る君はクソだよ
君は　カーテン　戻らないで

彼の歌声はだんだんと凄みを増す。目の奥の黒は深くなる。観客だけじゃなく、ステージの端に固まる人々までも、魂ごと引っ張られるような顔で見詰める。照明と曲はまるで合ってない。ゆがむその顔は、もうぜんぜん真顔じゃない。歌声はほとんど割れるように、辺りをつんざく。

ぱちぱちぱち　ぱちぱちぱち
僕は　そばに　いれないんだ
ぱちぱちぱち　ぱちぱちぱち
君しか　そこに　いないんだ

私？　私に怒ってるの？　この5年間、私のこと見てたの？　それで私に、怒ってるの？

僕との約束なんてどうでもいいけど、いつまでそんな顔してんの。母さんも君も、自分でなんとかするんだよ。僕はなにもしてあげられないんだよ。わかる？

自分を透明にするのは、自分なんだよ。もう、わかる？

聴覚と思考は融解する。あらゆる境界は曖昧になる。

ぱちぱちぱち　ぱちぱちぱち
僕は　そばに　いれないけど
ぱちぱちぱち　ぱちぱちぱち
飛ぶんだよ　自分だけの　思うまま

あのころ。透明になろうとする私を、咎めて、直視してくれたのは、君がはじめてだった。

あの日、水族館から駅に向かう畦道で、ゆるく包まれる手のなか、私は何度も指をからめようとした。だけど君はずっとそのまま、必要最低限の力で繋いでくれてただけだった。兄妹がするように。

砂浜で貝殻を拾う手がどこに触れようが、君は無邪気を貫いてた。ビール臭い微笑みを、私に真っ直ぐ向け続けてた。

あの日ベッドの上から、バスタブに向かって何度名前を呼ぼうが、君は来てくれなかった。何度も何度も呼んだ。天井を眺めながらどれだけ待ってても、君は羅生門を読みふけてた。

好きかどうかはわからなかった。たぶん違った。だけどどうにか求められたかった。それを期待してた。いつからか、透明になろうがなんでも良かった。誰かに求められないと、自分が破裂するような日々だった。

社会人になっても私は繰り返した。クリエイター志望で入った広告会社で5年間営業として働きながら、目が覚めたら朝なのか夜なのかわからないような日々のなか、ことあるごとに透明になった。

輪唱は誰かに止めてもらえるものじゃなかった。

歌声は地鳴りのように空気を殴る。あの日の宮道だって、他の人たちだって、確かに悪かった。いや本気で悪かった。

だけど私が本当に悲しかったのは、彼らに対してじゃなかった。自分に対してだった。いつのまにか、率先して私自身を透明に扱ったのは、私だった。私は、私を睨む自分自身を見て見ぬふりした。私は私を、冒涜し続けた。そのたび悲しみは溜まった。蓋がどんどんずれてく。

未だにｍｉｘｉに、詩のような日記を書き続けてた。誰も「足あと」をつけなかった。詩というよりは暴言に近い。暴れるというよりは自傷に近い。晒すというよりはＳＯＳに近い。私はずっと誰かに気づいてほしかった。だけど本当に気づくべきは、他でもない私だった。でも、私は君のお母さんじゃないよ。もうそんなに大事にしてくれなくていいんだよ。私にこだわってくれなくていいよ。そんなの感情はなんなの？　もう誰もｍｉｘｉなんて見てないよ。ずっと読み続けてくれなくていいよ。足あと付けずにどうやって見てるの。君はやっぱり二次元の人なの？

弦が一気に2本切れて、でもジブリくんは、がなり続ける。

　ぱちぱちぱち　ぱちぱちぱち
　僕は　そばに　いれないけど
　ぱちぱちぱち　ぱちぱちぱち
　飛ぶんだよ　自分だけの　思うまま
　君はオーロラ　美しいんだ
　君はオーロラ　美しいんだよ

「生きろ」

あの日の声が蘇る。

わかってるよ。あとこれは本家のアシタカに言いたいんだけど、そもそも生きろなんて、誰かに言われるものじゃないんだよ黙れよ。

気づけばステージの照明は消えて、月だけが汗だくの君を照らしてる。その顔はうすく微笑んでるように見える。私は目の奥の奥、ながい針を刺されたように、破裂した感情を顎まで垂らしつづける。にじむ視界のなか、明るんでいくその顔を目に焼き付ける。さよなら。さよなら、透明だった私たち。

五分後に会いましょう
さよならを言うには早いから
いつだって私たちは
もうとっくに知っていたはずの
誰かの未来の記憶を少しずつ
思い出しているだけなのだから
ただ消えていくだけなのだから
それでは五分後に会いましょう
千切れた切れ端の二人に
まだ五分後が残されているのなら

なにしよん

今泉力哉

「じゃあ何で連絡してきたの？」って聞かれたら、酔っていたから、というのが本当のところで。あと、何でそんなに私のこと好きなの？っていう部分もあった。

きっとその人の中の私はとても可愛くて美しくてまっすぐで不器用で、つまり私のいいところだけを見てくれている気がした。もう親しいつきあいをしてしまっている人たちはそういう風に私を見ない。みんな私のことを知ってしまっているから。でも、その人は私の見てくれに惹かれていて、私の短所も含めて全肯定してくれているような気がした。あと、そりゃ好きか嫌いかで言ったら好きだったし、興味もあった。あ、あと、本当に手を出してこないのかどうかとかにも。ただ、別にタイプとかではなかった。

「酔ってたからでしょ？」

「まあそれもあるけど」

「いや、こんなこと言うのもアレだけどさ、あなたを好きな人はこの世に何万人も何十万人もいるわけじゃんか。だから別にそっちにとっては誰でもよかったわけでしょ？　たまたま俺だっただけで」

「うーん」

「俺にとってはやっぱり特別だから。たくさんいる中のひとりじゃないし」

「嘘だね」

「え、何で？」

「だって知ってるもん。私以外の人にも連絡してたでしょ？」

「いつ？」

「いつってあの日よ」

「あの日っていつよ？」

「あの日ってあの日よ。私が『めちゃくちゃ酔ってる』ってメールした日よ」

「それは憶えてるんだ」

「いや、憶えてないけどあなたが言ってたから。ああ、そういうメールしたんだなって」

「『うち来る？』っていうメールも？」

「なにそれ？　嫌味？」

「いや、別に」

「でも来たのはそっちだからね。てか、何で来たの？」

「いや、何でって、それは嬉しかったから。だって、絶対返事返ってこないと思ってたから。で、電話して。そしたら泥酔してて変な歌うたいながら、『おまえ、今から来いや』とか言われて。あれ本気でムカついたからね」

「いや、それは謝ったよね」

「でも嬉しかったけど」

「どっちよ」

「でも今さ、こういう関係になってしまってさ、で、それはどっちがいいとか悪いとかじゃなくて、いや、俺が悪いんだけど。でも、何ていうかこの、俺の気持ちは嘘じゃないわけ。俺は好きというか、まあ好きって言葉が強かったら、好意？好意は間違いなくあるわけ。いや、彼女とかいるし、それがいけないことだっていうのは間違いないけど」

「うん」

「うん」

「で？」

「いや、で、じゃなくてさ」

「なに？　え、めんどくさい」

「いや、めんどくさいじゃなくてさ。その一回携帯やめてよ。で、正直なところを教えてほしいわけ。そっちはどう思ってんのか。好きかどうか。好きか嫌いか。いや、好きって言葉が強いなら、好意があるかどうかだけでも」

「え、いい」

「いや、いいとかじゃなくてさ」

「え、何なん？」

「え、何が？」

「何でさ、彼女がいるのに好きとか言うの？」

「……え」

「悪いとかって思わないわけ？」

「彼女に？」

「うん。彼女にも、私にも」

「いや、思うよ。思うけどそれはもう仕方ないじゃんか」

「……」

「そのさ、」

「ん？」

「その、彼氏は結婚してるわけでしょ。それについてはどうなの？　いいの？」

「いいの、って？」

「いや、だって結婚してんでしょ？」

「だから？」

「その人はどう言ってんの？　奥さんのこととか」

「何が？」

「いや、罪悪感とか。あるって言ってる？」

「いや、まったくないって言ってる」

「いや、サイコパスじゃん、それは。サイコパスじゃんよ」

「そうかな」

「え、何て言ってるの？」

「え、何が？」

「いや、その人。だからその携帯一回やめよ。奥さんと別れてあなたと一緒になるつもりだ、とか言ってんの？」

「うん」

「で？　え？　え、それ、信じてんの？」

「いや、信じてないし別にその人にはたくさんいるから、女」

「え、そうなの？」

「うん」

「え、何で知ってるの？」

「いや、わかるでしょ、そういうの」

「……」

「……」

「え、いいの？　そいつで」

「そいつ（嘲笑）……」

「え、何で？　だっていい女じゃん、あなた。何でその人なの？」

「え、どこがいい女なの？　私の何を知ってるわけ？」

「いや、知らないけど」

「知らないでしょ、知らないよ」

「……」

「……」

「好きなんだ、その人のことが」

「……（視線で返事）」

「どこがいいの？　その人は他の人と何が違うの？」

「うーん、優しい。あと顔」

「もうすでに優しくないけどね。顔は大事」

「一緒に住もう、って言われてる」

「え、ここに？」

「ううん。ここ、引き払って」

「え、奥さんは？」

「いる。そことは別にマンション借りるって。借りる？　買う？　なんかそんな感じ」

「あ、お金もあるのね」

「ある」

「え、それでいいの？　それは嬉しいの？」

「まあ、言葉は嬉しいよね」

「実現しなくても？」

「うん」

「その言葉が嘘でも？」

「うん」

「好きだから？」

「うん」

「そう」

「うん」

「……そっか」

「……うん」

「そう」

しばしの沈黙。

「……好きだから、（と、ぼそっと）」

「……ん？」

「……好きなんだから仕方なくない？」

「……そうね」

「何？」

「いや、羨ましいなって思っただけ、その人が」

「ああ」

「……」

「……」

「……」

「何でさ、」

「ん？」

「何で男の人って浮気するの？」

「何でかな」

「しない人っている？」

「いるよ、それは」

「いや、してんじゃん」

「いや、俺はもうそういうダメな側の人になってしまったから。俺の友達とかにはいるよ、一切しない人」

「え、その人はあなたが私と会ったりしてること、知ってるの？」

「知らない」

「じゃあ、その人だってわかんないじゃん」

「いや、絶対してない。それはもう断言できる」

「そうなんだ」

「うん」

「何でそういう人とつきあえないんだろ」

「それは、まあ、生きてる世界が違うからじゃない？」

「世界ってひとつじゃないのか」

「まあ」

「……」

「みっつ……」

「ん？」

「みっつかよっつくらいある気がする」

「つまんない」

「いや、別に面白い話しようとしてないし」

「あっそ。じゃあ余計つまんない」

「紹介しよか、そいつ」

「いや、いいよ。何でよ。彼女いないの？」

「いないよ、今」

「いや、いい、いい。それに、」

「それに？」

「いや、いい。何でもない」

「そういう人とつきあっても満足できない？」

「それ」

「それな」
「だってつまんないでしょ、そういう人って」
「まあね」

ふたり、ささやかに笑って、部屋の空気が少しだけ緩む。笑い合うというよりは各々で笑っている感じだ。いつだって空気を緩ませてくれるのはつまらないやつの話題だ。そうやって真面目なこととか真っ当な人を下に見て笑うふたりとそのつまらないやつ。どっちがつまらないかって言ったら、そりゃ断然そのつまらないやつだろう。

笑い声がおさまり、窓外、遠くを走るバイクの音が今が深い時間であることを告げる。その音に女が薄く反応する。きっと男の耳に届いている音量と女の耳に届いている音量には差がある。

男は手を広げる。女、しょうがないなあ、といった表情で男の腕の中に座る。同じ方向を向いているふたり。男の前に女の後頭部。髪。視界を塞ぐ。男、後ろから抱きしめる。女、それに対しては慣れてしまっているのか、特に反応せず。男、女の髪の匂いを嗅ぐ。嗅ぐというか、顔をうずめる。で、嗅ぐ。

「くさい?」

「牛の匂い」

「え、牛さん? 最悪じゃん」

女、自分の長い髪の毛先を自分で摘み、自分の鼻に持っていき、匂いを嗅ぐ。その髪を「ちょっと貸して」と男、手に取り、その髪の束の先を女の鼻の穴に入れようとする。やめてよ、と女。男、くしゃみしたら終わり。くしゃみするまで。と言う。女、はぁ? と言いつつ、それを面白がり、男に自分の髪の毛先を好きなようにさせる。男、女の髪で女の鼻をくすぐる。女の唇が目に入り、キスしたいと思うがその願望を抑え、くしゃみをさせようと奮闘する。女、くしゃみが出そうで出ないとき特有の、あのクシャッという不細工な顔を何度かする。のち、くしゃみ。からのくしゃみ。

「2回でた」

と言う、その「2回でた」の言い方がくそかわいい。

「知ってる。見てたから。あ、鼻水も出てる」

「ちょっと！　ティッシュ！」

と、男をパシッと叩く。

男、テッシュを取る。

女、鼻をかむ。

「しないじゃん」

「ん？」

「牛さんの匂い」

「牛乳の匂いだったかも」

「それもしないし」

「おひさまの匂い」

「あなたの中では牛とおひさまが同じ匂いなの？」

「そうかも」

「ちょっとインドアがすぎるんじゃない？　ちょっとは街に出たほうがいいよ。おひさまと牛の匂いがおんなじだなんて」

「そうね」

　女は自分の髪を手にして枝毛を気にしたりしている。その様子を女の肩口から見ている男。首元のゆるい服から見えてもよさそうな胸の谷間は見えなくて、でも見えないギリギリの空間の肌の感じがとてもよい。肌が綺麗だ。その空間に薄くて認識しにくいホクロがひとつあった。

「何かさ、」

「何？」

「やっぱいい」

「そう」

「え、聞いてよ」

「え？　何が？」

「『やっぱいい』って言ったら、『え、何？』って聞いてほしいじゃん」

「そうなの？　だって別に聞きたくないもん。絶対めんどくさいこと言うし」

「じゃあいい、言わない」

「わかったよ、聞く聞く、聞きます。でもめんどくさいこと言うのはなしね」

「うん」

「で？　何？」

「いや、いやさ、いや、何なのかなと思って。あなたにとっての俺って」

「ほら、めんどくさい」

「別に誰でもいいわけ？」

「何が？」

「別にあの時たまたま俺に繋がっただけで、別に誰でもよかったわけ？　いや、ごめん、それだけ。それだけ教えて」

「え、何？　どういうこと？」

「だから、誰でもよかったのか、俺じゃなきゃいけなかったのか。それだけ。それだけ教えて」

「そんなのさ、誰でもいいわけないじゃん」

「……え？」

「いや、尊敬してたからね、私あなたのこと。あと別に好きだし、人として。面白いし」

「そう」

「うん。でもやっぱり一緒なんだなと思って」

「一緒？　……ああ」

「あ、ごめん。でも別にショックだったとかないから」

「ああ、うん、全然」

「……」

「……」

「本当に浮気したの、初めてなの？」

「浮気っていうか、まあそういうことになったのがね」

「あ、それ以外はあるのか」

「まあ。つってもほぼないけど。何で？」

「いや、モテるでしょ」

「一切」

「そうなんだ」

「うん。でもまあそれが本当でも嘘でももう別に意味ないけどね」

「え？」

「……」

「いや、だから別に何とも思ってないから、ほんと気にしないで。いや、ほんとに」

「ほんとごめん」

「え、何で謝るの？」

「いや、情けなかったなと思って」

「別に普通でしょ」

「いや、せっかく他の人とは違うかもって思ってもらえてたのにな、と思って。それを裏切ってしまったなと思って」

「……ふっ」

「え、何？」

「いや、結局、私に好かれたいってだけなんだなと思って。大切なのは私じゃなくて、私から好かれることなんだなと思って」

「……」

「自分のことしか考えてないんだね」

「だって好きだから」

「もっと彼女のこと、大切にしてあげてください」

「……」

「それかちゃんと別れな、好きじゃないんなら。彼女がいないよりいた方がマシ、彼女って呼べる人がいればいい、っていう人間じゃないでしょ、あなたは」

「まあ、そうね」

「まあ、別に好きにしてって感じだけど。関係ないし」

「そうね」

「関係ないでしょ？」

「ないね」

「よし」

「だって、もし俺が彼女と別れても俺とはつきあってくれないでしょ？」

「つきあわないよ」

「それは彼氏がいるから？」

「いや、彼氏がいなくても」

「そっか」

「うん。いいじゃんか、もう。ね。寝たし」

「別に寝たかったわけじゃないから」

「じゃあ何で寝たの？」

「それは求められたから」

「じゃあ何でうちに来たの？」

「それは来たらって言われたから」

「一切そういう気もなく？」

「一切そういう気もなく」

「じゃあ今日は何で来たの？」

「何でって、」

「今日も一切そういう気もなく？」

「いや、今日は、だってほら、」

「やれると思って来たんだ。一回やったから」

「いや、そういうんじゃないけど。ちゃんと話したいなと思って」

「ちゃんと話したいなと思ってる人がずっと後ろから抱きしめながら話してるのは何で？」

「それは、まあ、あすなろ的な、」

「ん？」

「キムタク的な、」

「ん、何それ？」

「いや、何でもない」

「……」

「……」

「今日は泊まる？　帰る？」

「泊まっていいなら泊まる」

「泊まってよくない。泊まっていい日とかないからね」

「じゃあ帰る」

「うそうそ。別にいいよ、泊まってても」

と、女、立ち上がって数歩、のち振り返って、

「てか、どっちでもいい、ってか、どうでもいい」

と、わざといじって。

「おい！」

「お風呂はいるね」

女は浴室に向かい、男は部屋にポツンと残される。自分の鞄から携帯とノートパソコンの充電ケーブルを取り出し、携帯とノートパソコンをコンセントの穴に繋ぐ。

「電気借りまーす！」

「２０００えーん！」

「高っ！　どこの国よ」

それから男はふとテレビをつける。コントラストの高い色。ツァイミンリァンの映画が一時停止されている。ビデオデッキのタイムコードを見るに、まだ再生されてから5分しか経っていない。多分、多分、「西瓜」だ。

俺は彼女の彼氏にはなれない。でも、たまに彼女が酔っ払って、相手してくれる人が誰もいなくて、または誰でもよくて、「なにしよん」という連絡が来た時だけここに来ることを許されている。そして、彼女の悩みを聞いたり愚痴を聞いたりする。でもそれは決まって仕事や友達の愚痴で、その既婚者の彼氏のことを愚痴られることはほぼない。その男は社会的にも名のある人らしく、俺は何度もその名を聞き出そうとしているのだが決して教えてはもらえない。どんなに泥酔していても彼女はその名を俺には言わない。本当に好きなんだと思う。その人が。

その人について、出会いについて、彼の職業について、彼との関係を知らない彼の仕事仲間から口説かれたことについて、その口説いてきた仕事仲間と一度だけ寝たことについて、そのことを彼が知らないことについて。そういう話はしてくれたし、自身の両親との複雑な関係についても話してくれた。誰にでもは話さないだろう悩みやプライベートなことを聞けると、とても嬉しくなる。それはその人の特別な人になれた気がするから。それって寝たりすることよりももっとずっと繋がれた気がする。もちろん、誰とでも寝る女だなんて思っていないけど、寝ている人の数と悩みを吐ける人の数ってどちらが多いのだろうかなんて考えてしまう。そして馬鹿みたいに嬉しくなってしまう。実は生きてる意味って人から悩みを相談されることぐらいしかないんじゃないだろうか、なんて考えてしまったりもする。

でも彼が誰なのかは教えてもらっていない。へたに彼の職業を聞いたり、名の知れた人って聞いたり、「俺の知ってる人?」って聞いたら、もしかしたら知ってるかも、てか会ったことあるかも、と言われたりして、俺の頭の中はその罪悪感を一切持ち合わせないサイコパス野郎が誰かを考えることでパンパンになってしまっている。

きっとそいつは彼女のことがあまり好きではないのだ。だから彼女はそいつのことが好きなのだ。彼女が言う通りたくさん女もいるのだろう。妻もいる。彼女はたくさんいる女の中のひとり。そのくらいの愛情が、愛情のなさが、愛情の軽さが、今の彼女には心地いいのかもしれない。俺みたいにある程度本気になってしまっている人の重さや想いは、彼女がもっとも遠ざけたい感情であり、めんどくさい人間なのだろう。

その夜から少し経って。普通にやりとりできていたメールも一方通行になっていった。俺は自分がいかに彼女を好きかということ。寝てしまったことへの後悔。それでもそれまでは特別視してくれていたことへの喜び。いつでも相談にのるよ。あなたにとっては特別じゃないどこにでもいる男のひとりかもしれないけど、俺にとっては誰とも同じじゃないんだ。返信してほしい。味方だよ、って顔して近づいて、実は一番の敵なんじゃないか、って思う時がある。そんな自分が卑怯で嫌になる。いや、それどころか、敵にもなれない、一番どうでもいい人間なんじゃないか。それは悲しいけど、まあその程度の男だよな、と思う。返信してほしいです。けど、味方だよ、っていうのは、ふりじゃなくて、本当の気持ちです。それだけはわかってほしい。好きです。声が聞きたい。あ、また好きって言ってしまった。酔ってました。酔ってないです。どっちでも最低ですね。いつも間違えてしまう。このメールすら本当は良くないことだものね。間違いと言うことすら間違いの夜の静寂で。みたいな詩的な締め方。何でもいいから返信してほしいです。そういうことをひたすらメールした。酔っている時は電話をしてしまったこともある。もちろんメールにも電話にも返事はなかった。

5年後。ふと彼女から連絡があった。

俺の携帯はもう3つくらい代替わりしていたが、彼女の連絡先は登録されていた。つきあっている彼女にバレないように名字の頭の漢字一文字で。「水」と。

「なにしよん」

「何もしとらん。横に彼女が寝とる」

あの頃のことを彼女はあまり憶えていないと言う。俺以外にもそういう人がたくさんいたからでは、と聞くと、彼女は、私のことを何だと思っているのだ？

と笑いながら怒った。彼女はいまだに独身で、あの男とは別れたらしい。今は新しい彼氏ができて、今度は不倫じゃなくて同世代なんだ、と少しバツが悪そうに言った。そして「嫌われたくないんだよね、彼に」と言った。俺はそれはとてもいいことだと思った。でも今住んでいる家の家賃はあのサイコパスが払っているらしい。俺はそれを聞いて、なぜか安堵した。

いつだったか。彼女に一度、結婚とかそういうことについてどう思っているのか聞いたことがある。たしか朝だった。そう。それは寝た日の朝だ。気だるげな朝。もう昼だったかも。すっぱだかであっけらかんとこれ以上ない正直な顔で彼女は言った。

極端なこと言うと誰でもいいの。
でも私には向いてないと思う。
たぶん飽きちゃう。

その言葉を聞いた時から俺はどうにも彼女のことが好きでたまらないのだ。

□[1]□[2]を考える

山下　哲

□[16]身をしてウルトラマンでいられる□[10]□[31]は□[19]□[2]□[31]。カップの□[17]席□[32]が□[18]来□[22]がるまでは□[19]□[2]で、ボクシングも1ラウンド□[19]□[2]。キューピーのクッキングといえば、もちろん□[19]□[2]。1970□[33]からしばらく、電□[35]の市内通□[35]□[4]金は□[19]□[2]で□[30]□[36]だった。昭□[11]の歌謡□[37]は□[27]□[37]の長さが□[19]□[2]前□[34]という□[29]□[13]がある。近□[33]の楽□[37]では東京□[23]□[16]の『能動□[38]□[19]□[2]□[31]』というナンバーが非□[9]に格□[39]□[21]い。かように、□[19]□[2]は□[6]□[6]に□[39]評である。

それに□[15]き換え、□[1]□[2]。「□[1]□[2]と言えば？」と□[24]われて□[17]□[40]できるだろうか。……カップうどん、か。□[32]が太い□[2]、待つ□[10]□[31]が□[41]□[2]増える食□[4]品しか□[25]いつかない。

ああ、なぜ□[19]□[2]ばかり□[6]□[42]があるのだろう。□[10]□[43]を□[46]る□[22]で、□[1]□[2]

は大□23だ。□10□45盤には、□36を□30□41□47□2する目□29が□1□2ごとに□43まれている。これを□19□2ごとにしたら□29が□41□30個になってしまう。そんな□10□45は□14便だろう。

そもそも□44□26として□1は□14□6□42なのだろうか。□1割□15きセールは嬉しいくせに。日□9□38に□12用している□30進法では切り□21い□44なのに。□1は濁□7である。これは□28□28、□19□2が□5い。雰囲□42が暗い。受けが□21くない原□3はこれかもしれない。□19は英□46のSUNと発□7が似ている。明るくて平□11だ。□20し□2ない。

□3みに□19を□12った四□26熟□46には、□19位□27体、□41□6□19脚、□19□30□50□45、□47がある。いい。□5□29□13がない。□1はどうだろう。□1臓□50腑、□1里霧□28。あまり□48□13が□21くない。□49念。□1□2を助けようと□25慮したが、文□26□44□14□8である。□48□49りだがここまでだ。□1□2よ、□20し訳ない。

最□34に、これはパズルなので□24題を□18す。

【□30に□27を□8してそこから□50を□15いた□44を□40えよ。】

1	11	21	31	41
2	12	22	32	42
3	13	23	33	43
4	14	24	34	44
5	15	25	35	45
6	16	26	36	46
7	17	27	37	47
8	18	28	38	48
9	19	29	39	49
10	20	30	40	50

こたえ（　　　）

5分で描いてみました ②

「誕生日の夜に」

by ゴトウマサフミ

※下描きからペン入れ終了までの作業を5分以内で。
アイデア段階、ペン入れ後のスキャン作業等は含みません。
あわてて描いています。文字など読みづらくてすみません。

できたものしか見ない

浅生　鴨

レコード業界で働いていたころの名残が今でもいくつか僕の周りに漂っていて、楽曲のコンペ案内もその一つだ。ときおり届くメールには、こんどデビューが決まったバンドの新曲だの、アイドルグループが来春に出すアルバムに収録するための楽曲だのといった見出しと、どんな曲を求めているのかが書かれている。

ダンサブルでかつサビはメロウがいい、ライブの最後で歌うので大団円的な大きなうねりのあるものが欲しい、なんて感じの楽曲イメージと、参考資料として既存曲のタイトルが載っている。場合によっては資料楽曲がアップされている動画サイトのリンクまで載っている。

メールの最後に、このコンペに応募したければ、完成したアレンジに仮歌を入れた音源をいついつまでに送ってこいと書かれている。応募した曲はしばらく預かるよという注意書きとともに。

今のところ僕は自分の趣味を除いては、新しく曲をつくるつもりもその予定もないので、届いたメールにさっと目を通すだけで、ゴミ箱へ消えてもらっている。そうして、メールがもうすっかり読めなくなったあともしばらくは、いつのまにかにこういう発注のしかたが普通になったのだなあと、どこか寂しい気持ちになっている。

昔は良かったなんてセリフを吐くのはあまりにもカッコ悪いことで、それは変化に対応できない自分の無能を恥ずかしげもなく曝け出すセリフだから、僕はあまり口にしないようにしている。

それでも。

少なくとも、僕が音楽の仕事をしていたころの曲集めは、もっとずっと単純で、ただメロディラインがあればそれで良かった。集めかたもざっくりしていて、もちろん決まったアーティストのために一斉に募集をかけることもあったけれど、日ごろから付き合いのある作家たちに、とりあえずいい曲ができたら送ってよ、なんていういい加減な声のかけかたをしていた。

当然のことながら、参考楽曲だのリンクだのは無い。何かに似ている必要はないのだ。

定期的にいろいろな作家から送られてくる曲は、担当者がこっそり隠し持つこともあれば、これっていいと思わない？　とみんなに回すこともあった。

ピアノやギターや人の声で奏でられたメロディがカセットテープで送られてくることもあったし、譜面だけがファクスで送られてくる場合もあったけれど、とにかく殆どの場合はメロディだけがあって、僕たちはいくつか届いたものの中から、これをあんなふうにアレンジして、このアーティストに歌わせれば、きっとこういうイメージになるだろうと想像して、メロディを選んでいた。

それは、手に入れた原石を一流の職人に磨いてもらい、そこから生まれる輝きをリスナーに届けるような感覚で、そのためには原石を見極める目が必要だったし、誰にどう磨いてもらうかにも知恵を絞る必要があった。そして、その選択眼と知恵の絞り方が優秀なディレクターの武器でもあった。

僕は優秀なディレクターではなかったけれど、それでも一つのメロディがアレンジによってしだいに輝きを増していく様は見ていたし、編曲家からの提案を経てさらによくなる体験だって何度もした。

僕がこれはいまいちだなと思って落としたメロディが、優秀なディレクターに採用され、あっというアレンジによって素晴らしい曲に変わって、ヒットするなんてこともあった。それは、まだ単なる可能性でしかなかったものが、どんどん具体的な形になっていくおもしろさで、なかなか稀有な体験だったと思っている。

今、僕の元に届くメールは原石ではなく、そのまま使えるレベルの商品を求めている。アレンジ済み音源を送ってこいと書かれているから、新鮮な食材を前にして、さあどんな料理にしようかとあれこれ知恵を絞るのではなく、すでにできあがっているお惣菜パックの中から見た目や味の良いものをただ選ぶだけなのだろう。別に僕はお惣菜パックを悪くいうつもりはない。よく買うし。ただ、そのやりかたに可能性を具体化する楽しみはあるのだろうかと疑問に感じてしまうのだ。

できたものしか見ない。

できたものだけを集める。

そりゃあ、できたものから選べば失敗はしないし、いつでもわかりやすい正解が買えるだろう。

そしてもちろん、すでにできあがったものには、できあがったものとしての展望があるのだろう。でも、やっぱりそれはどこか入り口で可能性を狭めているような気がしてならない。

わずか五分で結論を出してしまうような今のやりかたに、僕はどうしても馴染めずにいる。

そんなふうになったコンペの案内が届くたび、僕はたった一つの曲をつくるために、ああでもないこうでもないと、頭を絞りに絞ったところを懐かしく思う。思っていたような曲にならなくて、さんざん失敗を重ねたことを懐かしく思う。

もうすっかり時代も音楽ビジネスの形も変わってしまったから、いくら言っても詮無いことだし、結局、昔は良かったと言っているだけじゃないかと言われてしまえばそれまでのことなのだけれども。

黒船襲来！

河野虎太郎

※作品に登場する団体名・個人名等はすべて架空のものです。

騒がしいのは船内ではなく、船の周辺だった。

新型ウイルスの集団感染が確認された豪華客船「プリンス・クローバー」が停泊している横浜湾は、海上保安庁の巡視艇以外にも、少しでも船に近づこうと東京のテレビメディアがチャーターした漁船や小型クルーザーが周回していた。

一方で、地元のテレビ局・ヨコハマテレビは小規模なローカル局ゆえ船をチャーターする予算がなく、報道記者の松永は地の利を生かして、東京のテレビ局の報道が知らない、港に近い倉庫街の突端でカメラを構え、船の様子をひとりで撮影していた。

プリンス・クローバーの船首から船尾に向け、ゆっくりカメラを振っていると、ファインダーに他社がチャーターした漁船が映りこんできた。邪魔だなぁと思いながら撮影を続けると、デッキの上でスタッフらしき男が大きなボードを掲げる姿が見えた。

「プリンス・クローバー乗船客のみなさん！　中央テレビの『サンデーナイトワイド』です。お困りごとはありませんか？」。そこには０９０で始まる電話番号が記されていた。何としてでも乗客の声を独占取材したいという、番組ディレクター・宮森の作戦だった。

しかしその様子は、乗船客によってSNSに上げられた。すぐさま「マスゴミ！」「中央テレビ、潰れろ！」などの反応が飛び交った。

数十分後、湾内はボードを掲げた船が増えていた。中央テレビに負けじと他のテレビ局も船をチャーターして、乗船客にアピールをし始めたのだ。

小型のクルーザーでやってきたのは、中央テレビと視聴率トップを争う、テレビジャパンだった。『報道ライブ！　テレビ日曜版』とボードに書かれたその番組は、中央テレビの『サンデーナイトワイド』より高い視聴率を誇る、テレビジャパンの老舗報道番組だ。取材ディレクターの大須賀は、もう一枚のボードを掲げた。「電話取材だけで一万円！　生放送の電話出演なら三万円！」。

宮森は「あいつら、具体的な金額だしやがって！」と言いながら、一旦港の方向へ消えていった。その携帯が鳴る気配はない。

三十分後、猛烈なスピードで宮森たちを乗せた漁船が戻ってきた。書き換えられたボードには「中央テレビです！　夜十時からの生放送の電話出演・五分程度の取材で五万円差し上げます！」とあった。プロデューサーと電話で交渉して、テレビジャパンを上回る金額を明示して、出演者を押さえにかかった。その横をゆっくり航行していたテレビジャパンの船は、中央テレビの漁船が立てた波で揺れ、デッキに立つ大須賀やカメラマンは転倒しそうになった。

こうなったら、中央テレビの邪魔をしてやれ。テレビジャパン号は中央テレビ号に密着。巡視艇からは「そこの取材の船！　安全な航行を心がけてください！」とのアナウンスがされたが、テレビ屋たちはお構いなしだ。どちらの局も操舵士に「あの船を追い返してください！」と言い、現金をその場で渡そうとしていた。海のルールなどあったものではない。

他局の船もやってきた。

テレビ関東は昼のワイドショーの人気司会者・お笑いタレントの稲田オサムが自ら船に乗り込み、船内の客に手を振るが、外国人の乗船客は当然彼のことなど知るはずもない。長期の調査取材報道番組で定評のある東都放送テレビは、ボードに出演料こそ書いていないが「政府の対応の不満を、私たちにぶつけてください！」とアピール。それを見た宮森と大須賀はトラメガを持ち出し「いい子ぶってんじゃねーよ！　東都よぉ！」と野次を飛ばす。

そこへ、民放のチャーター船より大きなクルーザーが入ってきた。日本公共放送の取材チームだ。カメラも三台、スタッフも記者も多い。しかも船体にはLEDパネルを装備していた。乗船客に向けて「日本公共放送です。長期間ご自宅に帰れない皆様におかれましては、今月の受信料を免除いたしますので、ご一報くださいい。乗船客専用フリーダイヤル……」と繰り返し流している。

今度は民放全社が日本公共放送めがけて突進していった。たちまち民放の船に取り囲まれ「汚いぞ！　受信料をエサに、取材対象者つかまえるのか！」と非難を始めた。帰れ！　帰れ！　の声が湾内に響き渡った。

テレビ各局が不毛な海上戦を繰り広げはじめて一時間、もはやプリンス・クローバーの乗船客はそんな様子など見ていない。大手携帯電話会社が全乗船客に無償提供したスマートフォンでネット動画を見ていた。

倉庫街の突端で撮影をしていたヨコハマテレビの松永は、タブレットで原稿を書き、本社の報道デスクに送った。原稿の最後には『プリンス・クローバー号の周辺は、一部のメディアによる、過剰ともいえる熾烈な取材合戦が繰り広げられていました。ヨコハマテレビでは、乗船客への直接の取材交渉は控え、周辺状況の事実を、丁寧にお伝えしてまいります』と書いた。その言葉は、午後四時のニュース番組で、アナウンサーでもある松永自身が、カメラに向かって語った。

横浜湾に、日本公共放送のそれよりも大きなクルーザーが入ってきた。デッキには撮影クルーがいる。誰だ、どこのメディアだと色めくテレビ関係者を前に、デッキのスタッフが大きなボードを掲げた。

「あなたたちのドキュメンタリー番組を企画中。ご協力ください。インタビュー協力、船内映像提供の方には取材協力費。なお、船会社を通じて、全乗船者・乗組員の方にお見舞い金をお送りしました　フレックスネット社」。

アメリカ資本の巨大インターネット映像配信会社は、大きな船だけでなく、豊富な資金源を持って横浜湾にやってきた。

それまでテレビ局の取材船に見向きもしなかった乗船客、さらに乗組員までもが一斉に手を振りだした。

中央テレビの宮森と、テレビジャパンの大須賀は、フレックスネット社の船に向かって叫んだ。

「その船、私も乗せてください！」

走馬灯をコントロールしたい

幡野広志

『父親は死ぬ間際になにをおもい浮かべるとおもう？　子どもだよ、子どもの顔だ。』

これは映画インターステラーにでてくるセリフだ。

人は死ぬ間際にどんな景色をみるのだろう？　ぼくは二年前に横になることができないほど、背中の激痛に悩まされてた。訪れた病院でＭＲＩ検査をすすめられて、ガーガーピーピーピーと音がなる巨大なちくわみたいな機械にはいって検査をした。

三十分程度の検査だけど、巨大なちくわに入るためには体を横にしないといけない。

ぼくも大人の男の子なので、痛みぐらい気合と根性で耐えようかとおもったけど、巨大なちくわにはいって二十分、気合はとっくに気化して、根性はすでに根をあげていた。

身体中から冷や汗がでて、痛みで気を失いそうになっていた。すこしでも痛みから意識をそむけるために目をつぶり、なるべく痛みとは関係のないことを考えていた。

そのときにぼくがおもい浮かべたものは、息子の顔だった。ちいさな息子が笑顔で応援をしてくれた。いわゆる走馬灯のようなものだったのかもしれない。MRI検査の残り五分、間違いなく人生でいちばんつらく拷問のような苦しい五分にぼくがみた景色は、とても穏やかでかわいらしいものだった。

検査が終わるとぼくの状態を察したのか、うつった映像をみて必要だとおもったのか検査技士さんが車椅子を用意してくれていた。検査結果は絶望の入り口に案内してくれるものだった。背骨にねっとりと腫瘍がまとわりついて、骨を溶かしていた。がんであると宣告された。

残念ながら治りそうもなく、そう遠くない将来に死んでしまうという認識をもって、いまをしっかりと生きている。体の免疫力が下がっているので、頻繁に体調を崩してしまう。そのたびに苦しいおもいをするけど、皮肉なことに体調が悪くなるたびに生きているという実感がある。

いまこの原稿を病院の隔離されたテントで書いている。世間どころか世界を騒がせている新型コロナウイルスに感染した疑いがある。ひどい咳と呼吸がやたらと苦しくなるという、いつもの風邪とはすこしちがう症状が心配で、保健所に連絡をするとすぐに病院に行くよう指示された。

テントのなかにあるコロナ製のストーブに手を温めつつ、重症化しやすいであろう自分の体と、防護服を身にまとった医療者を信じるしかない。重症ではないし、あくまで疑いなだけなので、ＰＣＲ検査も入院もせず自宅療養ですみそうだ。

しかし重症ではないものの呼吸はそれなりに苦しい。夜は咳も強くなって、寝ているとそのまま死んじゃうんじゃないかという、ありもしない不安もあり、昼夜逆転の生活がここ数日続いている。

こんなときにおもい浮かべるのはやはり息子の顔だ。苦しいときほど息子の笑顔や一緒に遊んだ日のことや、穏やかでたのしい景色が浮かんでくる。おもいだし笑いをしてしまい、呼吸がよけいに苦しくなったりしている。そしていまは死にたくない、生きたいと願ってしまう。

『死の瞬間に生きたいと心が震える、子どものために。』

冒頭のセリフに続く言葉だ。映画のセリフと似た心理状態になる、とてもおもしろいものだ。

苦しいときにいつもたのしそうな息子がでてくるので、もしも死の間際が穏やかなものであったら、もしかしたら、かなしそうな顔をしたり泣いている息子をおもい浮かべてしまうのではないだろうか。

映画のセリフとおなじように、息子のためにもっと生きたい、たぶんそうおもうだろう。できれば避けたいことだけど、謝ってしまうかもしれない。

苦しいときにおもい浮かべる息子の笑顔は創造ではなく、いつも再生だ。日常の生活のなかで笑っていた息子の記憶が、いまの出来事とは関係なく再生される。いま一緒にいる時間で息子のかなしい顔を減らすことができれば、穏やかな死の間際にかなしい顔をした息子をおもい浮かべずにすむのではないだろうか。

病気はちいさな子どもがいる親の気持ちに配慮も自粛もしてくれない。きっと死ぬときの五分前に、ぼくは息子のことをおもい浮かべる。きっと苦しい死の間際の五分と、穏やかな死の間際の五分とではみえる景色は違うのだとおもうけど、ぼくはできれば走馬灯をコントロールしたい。

日々のなかで息子の笑顔をふやすことで、ぼくは死の間際に後悔のようなものをすこしでも抑えられるような気がする。そして息子も、なにか苦しくなったときに薄い記憶のなかでお父さんの笑顔をおもい浮かべてくれるかもしれない。

あの世での生活がどんなものかわからないのに、できればこの世のことを心配して死にたくない。そのためには、ぼくが笑顔で日々をすごして、息子を笑顔にすることが大切だ。

物音を立てぬため
世界はそっと呼吸を止め
雑音の微かな揺らぎにさえ
振り返る首もぽきり音を立て
静寂の底は足元に広がって
光を吸収した表層に黒い影
たやすく人は諦め
五分で人は投げ

だから歌え　大声で歌え
沈黙の裏に流れる雄弁さで
無音の喧騒に眉を潜める者たちへ
彼らの代わりに歌え
漂う感情のぜんぶを飲み込め
小さな声が失われて
喜びの言葉が忘れられて
抗う者の口は塞がれて
だから歌え　聞こえない歌を歌え

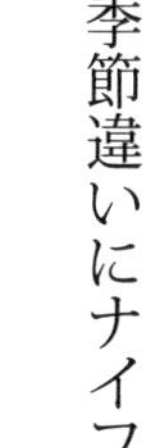

季節違いにナイフ

よなかくん

「俺たち付き合わない？」

ベッドの中で彼が突然そう言ったのは——詳細は省くが——ちょうどアレがソレしてそうなった時で、熱心に僕の耳をぺろぺろと舐めた後のことだった。なんでこのタイミングなんだよ。

「付き合わない。」

暗くて見えないが、彼の顔が強張ったのが気配で分かった。未だ鼻息が荒い彼の汗がぽたりと僕の平らな胸に落ちる。

「だって君、僕のこと好きじゃないだろ。」

そう言うと彼はホッとした声でうなずいた。

「たしかに。」

じゃあなんで言ったんだよ。


隣で眠る男を起こさないよう静かに服を着て家を出る。鍵は閉める術がないので、開けたまま。もしかしたら僕が家を出た後に強盗が入って、眠っている男を殺してしまうかもしれない。そんなことを考えたけれど、それで彼が死んだところで僕は泣かないのだろうな、とも思った。なんだか申し訳なくなってポケットに入っていたりんご味の飴玉を一つ、玄関に置く。

さようなら、二度と朝には出会わないひとよ。薄情はどうしてもしてしまうから、せめて上手にしたい。もう少しお金に余裕が出来たら、次はオートロックのあるマンションに住んでくれ。心からそう願って、鍵が開けっ放しのアパートの部屋を後にした。

早朝の駅のホームは閑散としていて僕とくたびれたサラリーマン一人。青いラインの電車がホームにすべりこんで風が起こると、二月のひんやりとした空気の中にふわりとひまわりオイル配合のシャンプーの匂いが立つ。名前も知らない男の家の、シャンプーの匂い。

「自分からその人の匂いを感じた時、その時の気持ちが一番ほんとうなのよ。」と祖母は言った。彼女はいつだってロマンチックで、妥当だ。

ドアが開いてガラガラの車内に僕は乗り込む。踏み出した時またふわりとその匂いがする。

早く家に帰ってシャワーを浴びたいな、と思った。

アパートについたのは七時半。一階の部屋の前で鞄の中の鍵を探っていると一つ奥の部屋のドアが開いて山崎くんが出てきた。彼は部屋に入ろうとしている僕の姿を見ると、小さく「あ」と言ってからぺこりと会釈をする。

「おやすみ。」

微笑みながらそう言って、僕は彼を廊下に残して部屋に入った。会釈をしてから数秒間、彼が何か言いたげにじっと僕を見据えていたのには気付かないフリをした。

山崎くんは同じ大学に通う三年生で、いい意味で犬みたいな顔をしている。短すぎず長すぎない黒髪のマッシュカットも、コンバースのスニーカーも、アウトドアのリュックも、大学生という感じがしてとても素敵だ。大学のバスケ部に入っているらしく、毎朝早い時間に家を出て朝練に行く。感心なことだ。頻繁に朝帰りする僕のことを彼がどう思っているのかは知らない。

部屋に入って靴下を脱いだら、裸足の足を片方よっこらせと持ち上げてシンクの流し台に載せる。帰ってきてすぐに足を洗うのは昔からの習慣で、実家にいる時は風呂場で洗っていたがなんせこの一人暮らしのアパートには風呂がない。僕は外から帰ってきて手を洗わなくてもなんとも思わない（実際よく忘れる）が足を洗わないのだけはなぜだか我慢ならないので、この六年間で随分と身体が柔らかくなった。身体が柔らかいと役立つことは――詳細は省くが――わりとある。濡れた足をタオルで丁寧に拭いてから部屋に入って左側、山崎くんの部屋とは反対側に置いたベッドの上に座って壁に耳をピタリとつける。先生はまだ寝ているだろうか。

築三十九年、風呂なし（共有シャワーあり）、一フロア三部屋二階建ての古いアパート。名前は鉄飛荘。どんなネーミングセンスだよと思うけれど、その薄い壁からは何も聞こえてこなかった。シャワーは我慢することにしよう。

そのまま横になり布団にくるまると、スマホが小さく震えてメッセージを受信した。「昨日の夜は……」から始まるメッセージを僕は読まずに削除する。「付き合わない？」間抜けな男の声を思い出した。正当化されるなんてごめんだ。堕ちるなら一緒に堕ちていきたい。いや、実際に堕ちるのは僕だけか。目を閉じるとひとりぼっちが寂しくて隣に聞こえないよう静かに泣いた。

ネットで知り合って、初めて会った男の家に行ってアレがソレしてそうなったのは彼のすっきりした顔が好きな人によく似ていたからだ。

サイテーな僕たちはそれを二次創作と呼んでいる。

八月の暑い日に突然やってきたその人を、僕は先生と呼んでいた。なぜそんな中途半端な季節にやってきたのか、話していたかもしれないが聞いていなかったので分からない。先生がやってきたのは、僕が研究室にも行かずに扇風機の前でただ息をしていた昼下がりのことだった。

インターホンの音にドアを開けるとひょろりと背の高い見知らぬ男が立っていた。三十代半ばくらいだろうか。メガネをかけた真面目そうな顔をしている。

「あ、はじめまして。今日隣に越してきました。よろしくお願いします。」

背骨が長いとお辞儀も難しいのだろうか。暑さでぼんやりとした頭でそんなことを考えながらその人がぎこちなく背中を丸めて下手くそなお辞儀をするのを眺めていた。僕はタンクトップ姿で汗だくなのに、その人は白い襟付きの半袖シャツをきちんと着て随分と涼し気な顔をしている。早く大家さんに電話してエアコンの修理会社を呼んでもらおうと思った。

「これ、お蕎麦です。」

「……あ、ありがとうございます。」

わずかなタイムラグがあったのは、暑くて頭がぼーっとしていたからだ。

「じゃあ、これで。」

名前を聞いていないことに気付いたのは、彼がそう言って立ち去った後のことだった。一体彼が誰で、何をしている人なのかも分からないまま、僕はただ蕎麦を差し出す指が長かったなと考えていた。すべてが長く作られた生き物。それが先生の第一印象だった。

先生に再び会ったのはそれから数日たってからのことだった。朝早くに帰ってくると、ちょうどひょろりと背の高いシルエットがゴミ捨て場にゴミを捨てていた。

カラスよけのネットを丁寧にゴミ袋の下に巻き込んで、置く。雲った朝のグレーな背景に白く細い首筋が浮かび上がって見えた。

「おはようございます。」

横から声をかけると、先生は立ち上がりながらこちらを見た。気のせいかもしれないが、そのメガネの奥の瞳が僕を認識した瞬間にフッと緩んだように見えた。真面目そうな顔が、ささやかな悪戯を見つけた大人のような表情をする。

「おはよ。」

おはよ。その言い方がなんだか良くて、僕は思わず微笑んでしまう。

僕はこの人のことがとっても好きだな、と思った。

「これで発表を終わります。」

修論発表会当日。そう言った途端、発表者である同期の彼女は泣き始めた。

「すいません……なんだか……嬉しいんだか悔しいんだか悲しいんだか分からなくて……」

彼女がしどろもどろに言うと、教授が微笑みながら優しく言った。

「六年間、よく頑張りましたね。」

会場が優しくあたたかな空気に包まれて、質疑応答の時間が始まった。あたたかくて、やさしい。既に発表を終えていた僕はなんとなく丸めて置いておいたコートを羽織った。

「先輩の発表、もらい泣きしそうになっちゃいました〜。私も頑張らなきゃ！」

すべての発表が終わって会場を出ると、僕の隣を歩いていた後輩の女の子が興奮気味に言った。僕はその素直でまっすぐな感想をとても素敵だと思う。

「先輩も一緒に頑張ってきた同期として、見てて泣きそうになっちゃいましたよね！」

彼女が真っ直ぐに僕を見る。ふんわりと巻かれた茶色の髪とクリーム色のコートの中で黒く縁取られたアーモンド形の瞳とまつ毛がくっきりと浮かび上がって見えた。コーラルピンクのチークと目元に軽く入れた赤がとても似合っていて可愛い。可愛いのだけれど。

「うん……そうだね。」

同期の彼女の涙は高校球児が最後に流すそれに似ていて、とても純粋で美しくて、それがなんだか僕には怖かった。うまく嘘をつけない不器用さで僕は下手くそに笑う。

「本当に、僕たち頑張ってきたよな。」

終わった時に涙が出るのは、それだけ頑張ったからだと理屈では知っている。すべてが淡々と流れていく世界で、終わる時に涙が出るほど必死に頑張れたものがあっただろうか。考えてみたけれど何も思い出せなかった。

部屋に帰って足を洗い、堅苦しいスーツを脱ぐ。順番を逆にすればよかった。ただ三十分間発表しただけなのに、なぜかクタクタに疲れていた。卵かけご飯でもかきこんで寝よう。そう思って卵を取り出して握力が足りずに床に落とした。なぜだか今日はそれがひどく悲しくてびょうびょう泣きながら拾った。ラグに絡まった黄身と粉々になった殻が綺麗だった。卵を片付けて手を洗うとすべてがどうでもよくなって逃げるようにベッドにもぐりこんだ。明日になったら全人類の記憶から消えていたらいいなと思った。

先生は基本的に一日中家にいるようで、昼前に家を出る時にも、夜に家に帰ってくる時も、隣家からは人の気配がした。夕方や夜に家から出てもすぐに帰ってくるので、行き先は多分コンビニ。部屋の前で会っても挨拶のみで、何をしている人なのか全くもって不明だった。話すこともなければ、何も知らない。それでも先生の「おはよ」は世界を大丈夫にした。

初めて先生の家に上がったのは、エアコンの修理を頼まないまま暑い季節をやり過ごし（研究室にいる時間が長くなったおかげで研究が捗った）、少しずつ涼しい季節に傾いてきた日のことだった。夜、ベッドに凭れ、地べたに座って本を読んでいると、隣の部屋からドサドサッという大きな音と振動、そして先生の「うわあああ」という情けない声が聞こえた。申し訳ないことだけど、その時僕の心は跳ね踊っていた。遅れて響くファンファーレ。普段は存在すら考えない神に薄情なキスを、ぼんくら世界に最上の愛を。飛び上がるような出力で立ち上がり、韋駄天のごとく部屋を出る。未来万歳好機到来妄想限界。オラエスト、時は来た。

「大丈夫ですか？」

数回深呼吸して心を落ち着けてから部屋のドアを叩くと（先生の部屋にはインターホンがついていなかった）、ドアが開いてくたびれた様子の先生が出てきた。くたびれた顔をしてはいるが髭はきちんと剃ってあるし襟付きのシャツをきちんと着ている。

「ああ……お騒がせしてすいません……ちょっと……」

そう言ってちらりと部屋の中を見るので、つられて僕も先生の肩越しに部屋の中を覗き見る。小さなワンルームの間取りは一緒で、入って右側にハイベッドが置いてある。そのベッドに、反対側の壁に立っていた天井とほぼ同じ高さの本棚が倒れ掛かっていて、本棚に入っていたのであろう本がすべて両者の間に落ちていた。大惨事だ。一歩間違えれば先生は死んでいただろう。

「つっかえが……甘かったみたいで……」

よく見ると本棚は四本のつっかえ棒を天井と床で固定しなければ立たないタイプのもので、それが緩んで倒れてしまったらしかった。

「手伝いますよ。」

僕はそう言うが早いか、半ば押し切るように先生の部屋に入った。「え、ありがとう。」という声を聞きながら、もう一度いるかも分からない神様に感謝する。前髪しかないのはビジュアル的に不憫なのでフサフサのロングヘアをイメージすることにした。

本棚を立て直し、二人がかりでつっかえを固定し直す。僕が下を押さえ、脚立に乗った先生が上を止める。先生が脚立を降りて僕の隣に立った。「うん、もう離して大丈夫そう。」その声に手を離して立ち上がろうとした時、ふと何かが頭に触れた。本棚の一部にかけてあった布だった。手のひらかと思った。布は少しホコリっぽくて僕は小さくくしゃみをする。

「ごめん、ホコリっぽいよね。」

「大丈夫です。」

そう言いながら少しがっかりしていた。僕は先生に頭を撫でて欲しかったんだなと思った。


「助かったよ。ありがとう。」

散らばった本を本棚に戻すとベッドと本棚の間から長方形のコタツが出てきた。コタツを出すにはまだ少々早い気がするが、一応夏用らしく綿の薄い素材の布団がかかっている。

「いえ、怪我がなくてよかったです。」

先生が出してくれたお茶をコタツで飲みながらさり気なく部屋を見渡した。ハイベッドの下にも本がぎっしり詰まった本棚が並んでいて、その本棚の前になぜか三味線、コタツの周りには開いた本やら何かメモをした紙やらペンや鉛筆が散らばっている。

「ごめんごめん、仕事してる時に倒れてきたものだから。」

僕の視線に気づいた先生があわてて散らばったものをかき集める。

「小説家……なんですか？」

先生がかき集める紙の束の隙間から原稿用紙が見えたので何の気なしに聞くと、先生は苦いような甘いような曖昧な顔をして視線をそらした。

「あー……うん。……一応。」

照れている。照れているのだ。僕は上がりそうになる口角を必死に下げ、出来るだけ平静な顔で先生が落ち着きなく自分の顎を触る指を眺めてフィボナッチ数列を数えた。1、1、2、3、5、8、13、21、34、55……ガンッ

「え……なに……」

「あれ……」

突然コタツに頭を打ち付けた僕に先生が若干ひいていた。

「え？」

もう手っ取り早くすべてのことを済ませてしまいたい気持ちでいっぱいだった。

僕は突っ伏したままハイベッドの下の本棚の方を指し、くぐもった声で言う。

「三味線、教えてもらえませんか。」

僕はどうしようもなくこの人のことが好きなのだ。


僕が三味線だと思っていたのは三線という沖縄の楽器で、三味線と違って指で演奏するらしい。先生は北海道出身だがなぜだか小さい時から家に三線があって、今でも気晴らしに弾くのだと言った。

「三味線の音なんて聞こえてきたことないですけど……」

「そりゃあ、君と山崎くんが家を出てから弾いていたからね。」

先生の答えに僕はちょっと笑った。


それからちょこちょこと先生の部屋を訪ねるようになったが、三線を弾く時もあれば、弾かない時もあった。三線を弾く時は先生の指が弦を押さえるのを眺めるだけでそれ以上の幸せは地上には存在しないような気分になったし、三線を弾かない時は先生がコタツでカリカリと原稿を書く音の中で同じコタツに入って本を読むこの時間がずっと続けばいいと思っていた。この部屋のコタツを除く世界のすべてが異世界に転生してしまえばよかった。

「私、今シルバーとゴールドの間でゆれてるの〜。」

安価なアクセサリーショップでピアスを物色している時に、隣から聞こえてくる女子高生たちの会話があまりに正しく可愛くて、僕はすでに彼女たちのことが好きになっている。コートにマフラーを着こんでも、スカートは短い女子高生たちは口の中でコロコロと飴玉を転がしながら真剣な顔でアクセサリーを選んでいる。ああ、ただしい、かわいい。

結局何も買わずに店を出た。耳に貫通した穴をひんやりとした空気がなでる。昨夜衝動的に開けたピアス穴はたしか八個目か九個目の穴で、塞がってしまったら塞がってしまったで、まあ、別にいいか。その程度の穴だった。

先生の部屋によく行くようになって、ゴミ箱にあわだまのゴミがいっぱい捨て

られていることに気付いた。シルバーの地に赤、紫、

「黄色……」

思わず呟くと先生は僕の視線の先を見て、ああと合点のいった顔をした。

「パイン味が苦手で。」

そう言いながらはにかむ顔が百点満点キルミーベイビーで心がさざめきだってしまう。

「僕、あわだまのパイン味好きです。」

そう言うと先生はそうなの？　と言いながらフフっと笑ってあわだまの袋をどこからか取り出して、僕に差し出した。袋の口から覗く銀色の中で黄色の割合はだいぶ高かった。

「じゃあこれからは君がパイン味を食べて。」

パイン味が好きだなんて嘘だった。僕は時折こういう嘘をつく。好きな人と同じものが好きになれたら素敵だけど、その好きのベクトルや温度の違いに耐えられないから。

先生はあわだまが好きで、よく口の中でコロコロと転がしていた。僕はといえ

ば、あわだまの黄色ってレモンじゃなくてパインなんだ、という程度にあわだまに縁がなかった。

ドアをノックする音がしたので、急いで口の周りをぬぐって手を洗った。トイレから出て、ドアの前で待っていた人と必要以上に目が合うのには慣れている。席に戻ると約束の相手はすでに華奢で背の高いスツールに腰かけていた。

「はい、お土産。あ、修論お疲れ様か。」

僕が向かいの椅子に座るとひなちゃんは挨拶も抜きにそう言って、小さな紙袋をテーブルの上に置いた。中身は見なくても分かる。チョコレートだ。彼女はいつもお土産と称してシンプルで洗練されたパッケージに包まれた宝石のようなチョコレートを数粒持ってきてくれる。今日のショコラはジャンポールエヴァンだった。この時期はバレンタインフェアで催事場が賑わう。

ざわめくバルの中でひなちゃんだけが他の星の生き物みたいに浮いていた。今日の彼女はルーズなパーカーにジーンズ。そこまで奇天烈な格好をしているわけではないのに。

ショートカットの黒髪も相まって少年然としている彼女は僕より一つ年上で、去年大学院を卒業して今は何もしていない。本人曰く、「何もしない」をしているらしい。

「元気？　ちゃんと病院には行っている？」

「行ってるよ。」

「嘘ね。」

嘘だった。あそこには半年以上、行っていない。

「だって私だったらあんなところ行かないもの。」

ひなちゃんは僕の母親の兄の子供だ。つまり僕たちはいとこ同士で、誰よりも互いに似た思考回路を持っている。そして彼女は「二次創作」と名付けた張本人だ。ひなちゃんに嘘はつけない。

「行かなくていいけど嘘はだめ。あなた簡単に死んでしまいそうで心配なんだもの。」

しんでしまいそう。ひなちゃんは深刻な話の時でも軽いジョークでも常に同じトーンで淡々と歌うように話す。すべてのことが彼女にとっては等価だ。

「大丈夫だよ。」

僕はワイングラスが落とす影を見ながら言う。グラスを満たしているのはライトな赤だ。

「どうして。」

「だって……」

だって僕は恋をしているから。恋をしているから死なない。

『何？』の言い方だけで恋に落ちるかどうか決まる説ってあると思わない？」

「採用」

ひなちゃんは即答してパチンと指を鳴らした。彼女は何かを終えて泣くなんてことはないだろうが、きっとそうやって泣いている子を愛おしそうに抱きしめるんだろうなと思った。

僕は「おはよ」に続いて先生の「何？」の言い方がとっても好きだった。

修論をそろそろ真面目に書き始めなければいよいよまずいという時、いつものように先生の部屋に行くと先生は部屋の奥でこちらに背を向けて立ち、緑に光る水槽をじっと見つめていた。隣に立って見てみると水槽に入っているのは魚じゃなくて、浅くはった水にヒタヒタと浸かった土と苔と水草だった。それらの葉緑体がライトの光を通して緑に光っている。

「苔を見ているんですか？」

「苔じゃなくて、アカハライモリだよ。」

先生は水槽を見つめたまま答えた。

「え？」

先生が指さすところをよく見ると、たしかに、水草にまぎれて気づかなかったが動いている生き物がいた。腹側が赤く、それ以外は茶色っぽい色をしたトカゲのような生き物だった。トカゲよりも光沢がなくて土っぽく、先が四つに分かれたちいちゃな手をちょこんと壁につけている。

「アカハライモリは日本固有の種でね、繁殖期になるとオスの色が変わるんだ。冬眠していないのがペットショップにいたから買っちゃった。今はまだ一匹しかいないけどこれから番にして……」

先生はイモリを見つめたまま熱心に説明を始めた。すごい。こんなに饒舌な先生は初めてで、僕は感動のあまりアカハライモリのことがどうでもよくなってイモリを見つめる先生の横顔を見つめてしまう。まつ毛がまっすぐ下向きに伸びていた。

「先生。」

「何？」

なんと。おはよ、だけでなく何？　の言い方まで良いとは。まいったな。

「先生は結婚しているのですか。」

「してないけど……なんで？」

「いいえ、不倫は良くないので。」

先生は少し眉をひそめながら、しかし決して嫌がっているわけではなく、愛おしさをにじませた絶妙な表情を作ってみせる。どうやったらそんな顔が出来るのだろう。僕には逆立ちしたって出来そうにもない。逆立ちもできないけれど。先生、僕は、

「何？」

その声に我に返ると先生がこちらを見ていた。

「ああ、」

その言い方は想像よりもずっと良くてまいってしまう。

「すいません、ボーっと考え事をしていました。」

先生の目元の皺の数を数えていました。

「何を考えてたの？」

先生の目元の皺は大小さまざまなので離散的に数えるのは難しいです。

「イカスミソースってイカの汁が入っているのにどうして腐らないのでしょうか。」

口から出たでまかせに、先生が真面目な表情でなるほど……と考えこむので僕は笑い出したくなってしまう。出来たら声をあげて手をたたきたい。先生の手をとって回ったってかまわない。

「やっぱり加熱しているから……大丈夫なんじゃないかな。」

加熱しているから大丈夫。それは世界で一番素敵な回答だと思った。

修論のお疲れ様会をしようと言ってくれたのは先生で、僕が研究室の片付けを終えて先生の部屋に行くと、コタツの上にはすでにお惣菜が並んでいた。そしてなぜか水槽の横には山崎くんが突っ立っている。彼はいつもの何かを含んだ目でこちらをじっと見て、会釈した。

「お惣菜を買いすぎたから呼んだんだ。たまにはいいよね。」

ささ、座って座ってと言いながら先生は冷蔵庫から飲み物を取りだす。僕が訝しがりながらコタツに入ると、山崎くんもなぜかするりと隣に入ってきた。いや、なんで一辺に二人入るんだよ。一瞬そう思ったけれど、山崎くんは体温が高くて距離感が近いので隣に座っただけであたたかい。それがなかなかどうして、悪くなかった。

「今度奥さんが東京に来るから三月いっぱいで引っ越すことになったんだ。」

先生がコタツの向かいに入って飲み物を注ぎながら何気なく言う。え、と擦れた声がこぼれた。

「結婚してたんですね。」

山崎くんが何を考えているのか分からない顔で言った。結婚。……奥さん。

「籍は入れてたけどお互い仕事でバタバタしてて……今回の引っ越しもまた急な

変更で……」

その話を遠くに聞きながら、こんな時本当なら悲しいんだろうな、と思った。

「まあ、そういうわけだから、修論お疲れ様とお別れパーティーってことで。」

引っ越すって言っても近所なんだけどね。先生がそう言いながらコップを掲げる。

「おや。」

「どうした？」

「なんでもないです。」

僕の脚に山崎くんの脚がピタリとくっついていた。ちらりとこちらを見た何か言いたげなその目はいい意味で犬に似ていて、そういえばずっと昔からこの目が好きだったような気がしてきた。

五分だった。終わってから、次が始まるまでの時間。神様どうかサイテーな僕を許してください。一瞬そんなことを思ったけれど、ピタリとくっついた脚のあたたかさが気持ちよくて、どうでもよくなってしまった。

「二人のなれそめ教えてくださいよ。」

そう言って僕はにんまりと悪戯っぽく笑った。乾杯はわざと無視した。先生がいたずらっ子を見る目で僕を見る。その眼差しが好きだった。恋じゃなかったわけじゃない。

奥さんのことなんて呼ぶ？　初デートは？　同棲したことないんですか？　奥さんの趣味は？

先生の愛する人の話を聞くのは悲しいどころか嬉しくて、楽しくて、お酒をいっぱい飲んだ。浮かれて騒いで、すべてがごちゃまぜな夜だった。山崎くんですら先生の話を聞いて声を上げて笑っていたし、僕はすでに先生と奥さんのことをまとめてすっかり好きになっていた。

「次はどこに住むんですか？」

「もう少し駅から離れたところにある……コーポハレルヤってとこ。」

随分めでたい名前だな、と思った。

ゴミを片付けて、僕たちはフラフラと先生の部屋を出た。部屋までは三歩。その短い距離で、ふと先日の修論発表で泣いていた女の子を思い出した。それに感動する後輩の女の子。僕は彼女たちを素直に可愛いと思う。ただしくて、かわいい。しかしそれとこれとは話が別だ。

「おやすみなさい！」

さらに三歩進んだ山崎くんが、いつもよりだいぶ元気な声で言うのをいいな、と思う。ほんとうに、いい。ばいばいと手を振りながら、僕は死ぬときくらいには泣くかもしれないなと思った。

だってこんなに一生懸命生きてるんだし。

特殊と一般

浅生　鴨

　郵便局までレターパックを買いに行った。いつものように赤いほうか青いほうかと聞かれて、どちらが安いんでしたっけとこれまたいつものように僕は尋ねる。局員がレターパックを用意している間に、脇へ目をやると東京オリンピック・パラリンピックを記念した切手のシートが飾られていて、これはまだ残っていますかと聞くとまだありますよと局員が言うから、ではこれもくださいと併せて買うことにした。記念切手があると僕はつい買ってしまうのだ。

　青いほうのレターパックが十枚入った透明の袋を手に郵便局を出ると「特殊詐欺撲滅！」と書かれた旗が風に煽られてザバザバと音を立てていた。特殊詐欺とは何なのだろうと僕は首を傾げる。たぶん電話や郵便をつかって金を振り込ませたり、電話で騙してから金を受け取りに出向くタイプの詐欺を指しているのだろう。いわゆるオレオレ詐欺や振り込め詐欺というやつだ。

　そういえば、警察庁だったか警視庁だったかが、いっとき「母さん助けて詐欺」

なんて言葉を広めようとしていたけれども、結局は広まらずにオレオレや振り込めに戻っているから、言葉は無理に広められるものじゃないのだなあとあらためて思う。

特殊詐欺という言葉を目にすれば、当然のことながら、それじゃ特殊ではない詐欺とはどんなものなのかと考えてしまう。映画や小説でお馴染みの軍人の格好をした結婚詐欺だの、地面師だの、架空投資だの、保険金詐欺だのといったものが特殊ではない詐欺、一般的な詐欺なのだろうか。そういった一般的な詐欺、昔からある詐欺とは手口が違っているという意味で、オレオレや振り込めを特殊と呼んでいるのだろうか。

どちらにしても詐欺という行為そのものが特殊なことなのだから、特定の詐欺をわざわざ特殊詐欺と呼ぶ理由が僕には今ひとつわからないし、この旗の意味合いもよくわからない。オレオレ詐欺に気をつけよう、振り込め詐欺にご用心と郵便局の前で言うのはまだわかる。でも「特殊詐欺撲滅！」は、いったい誰に向けたスローガンなのだろうか。僕はたいていのことがわからないが、これは特にわからない。

そんなふうにして、五分ほどぼんやりと旗を眺めていたら、郵便局から出てきたお婆さんが不審そうな顔をして僕のほうを見るから、一般的な詐欺と特殊な詐欺についての考えごとは、そこで終わった。

浅生鴨さんに5分間で訊きたい50のこと

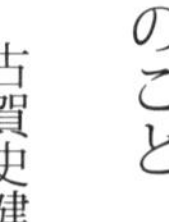

古賀史健

俳優さんやアイドルさん、またお笑い芸人さんなどの著名人を偽りの用件で呼びつけて、隠しカメラで観察する類いのテレビ番組がある。しかも彼ら著名人は、ただ観察（盗撮）されてプライバシーを侵害されるだけではない。落とし穴に落下させられたり、反社会勢力的な人から怒鳴られたり、おそろしげな大御所俳優さんに無理難題を申しつけられたり、あるいは「相方」と呼ばれるコンビのもう一方に解散を切り出されたり、散々な目に遭う。そしてその、驚き困ったさまを隠し撮りしてよろこぶ類いの番組を一般に「ドッキリ」と呼ぶ。

ドッキリはなぜ、あれほど高い人気を誇るのか？

おそらく「不幸や恐怖におそわれた人の顔が見たい」という視聴者のサディスティックな欲求を満たすからではない。ドッキリという装置が、著名人たちの「素顔」を見せてくれるような気にさせるからではないかと、ぼくは推察する。職業的に仮面をかぶることが義務づけられた人びとの素顔をあばく、覆面剥ぎデスマッチ。そういうプロレス――虚実のあわい――が、ドッキリというテレビショーなのだ。

そんなことを考えていたとき、ふと自分のまわりにも覆面を、もしくは仮面をかぶっている男がいることに気がついた。

本誌発行人、浅生鴨である。もうそれなりに長い付き合いになるし、何度も一緒に旅をした仲でさえあるものの、ぼくはまだ彼の本名を知らない。（本名に由来する）あだ名は知っているけれど、フルネームは知らないし、たぶんこの先も知らないままだと思う。そしてまた、雑談のなかで、あるいはインタビュー記事などのなかで、鴨さんの思想や半生に触れる機会は多いのに、聞けば聞くほどわからなくなる。あなたはいったい誰なのか。なにを考え、これからどこに行こうとしているのか。いつかじっくり話を聴きたいと思いながら、ずるずる延びてしまっていた。きっと、普通にインタビューを申し込んでもはぐらかされたり、逆質問を返されたり、長大な脱線で時間切れになったり、「ますますわかんなくなった」で終わってしまうことが容易に想像できるからだ。

で、思ったのだ。

鴨さんに、ドッキリを仕掛けてみてはどうだろう？

もちろん、落とし穴を掘るわけにはいかない。反社会勢力的な人に協力を求めることもできない。というか、その方面に知り合いがいない。そういう正統派のドッキリではなく、鴨さんに「考える時間」を与えず、脈絡のない大量の質問をぶつけていけば、ドッキリ的な効果によってどこかで「素顔」が現れるのではないか、と考えたのだ。ふっふっふ、待っていろよ、鴨さん。本業の忙しさもそっちのけでぼくは、思いきりくだらない50の質問を用意して浅生鴨さんを呼び出した。

「これから50の質問に答えていただきます。制限時間は5分間。バンバン行くので、なるべく短く、ひと言・ふた言で答えてください」

ＩＣレコーダーの録音ボタンを押して、第1問を切り出す。以下、その一部始終である。

質問1　きょうは何時に起きましたか？

浅生鴨　午前4時30分。

質問2　人から「鴨さん」とペンネームで呼ばれて、どんな気分？

浅生鴨　もう慣れました。

質問3　影響を受けた作家を3人挙げてください。
浅生鴨　……ガルシア・マルケス、筒井康隆。そうだなあ、もうひとりは、うーん。……カフカ。
質問4　人生でいちばん最初に買ったレコードは？
浅生鴨　自分のお小遣いで買ったレコードですよね？　カシオペアの『Ｊｉｖｅ Ｊｉｖｅ』。
質問5　音や見た目が好きなひらがなは？
浅生鴨　ぬ。
質問6　好きなおすしのネタを3つ挙げてください。
浅生鴨　たこ、アジ、それから……かっぱ巻き！

質問7　色紙にひと言、と言われてなんと書く?
浅生鴨　「謎」。
質問8　ラグビー雑誌の編集長になりました。雑誌のタイトルはなんにする?
浅生鴨　『ラガーマン』。
質問9　これまで訪れた国で、ここなら住みたいなー、と思った国は?
浅生鴨　どこでも住みたいんだけど、いちばん住みたいのはどこかなあ。やっぱりフランスかなあ。
質問10　次に車を買い換えるなら、なんに乗る?
浅生鴨　ジープ。

質問11　鴨さんの口ぐせは？　「あ、そうかも」以外で。
浅生鴨　「なんとかなる」。
質問12　好きな猫のしぐさを教えてください。
浅生鴨　あー、顔を洗うところかな。
質問13　再結成してほしいバンドは？（故人含む）
浅生鴨　ＲＣサクセション。
質問14　見かけによらず得意なことを教えてください。
浅生鴨　見かけによらず？　いや、人が自分をどう見ているかなんて、わからないですよ。えーと、じゃあ、射撃。
質問15　鴨さんにとってのパーカーとは？
浅生鴨　パーカーとは日常です。

質問16　好きな四字熟語は？

浅生鴨　一石二鳥。

質問17　食わず嫌いだった食べものってありますか？

浅生鴨　食べてみた結果、おいしかったということですよね？
えー、ない。ないです。

質問18　小説の登場人物、名前はどうやって決める？

浅生鴨　うーん、本人に訊きます。それぞれの登場人物に。

質問19　これから行ってみたい国は？

浅生鴨　場所でいったらグリーンランド。国でいったらアイスランド。

質問20　好きな朝食の組み合わせは？
浅生鴨　鯖の塩焼き、ハム、ミニトマト、えだまめ、コーヒー。ごはんはいりません。
質問21　小説を書く鴨さんと、エッセイを書く鴨さんは別人ですか？
浅生鴨　別人です。
質問22　どうして同人誌をつくろうと思ったの？
浅生鴨　魔が差しました。
質問23　コーヒー、紅茶、日本茶、麦茶。いちばん好きなのは？
浅生鴨　紅茶。でも、おいしく淹れるのがむずかしいからコーヒーで代用しています。
質問24　おふとんから出るコツは？

浅生鴨　……なにかをあきらめる。

質問25　人でいっぱいのエレベーターのなか、なにを考えている?

浅生鴨　「早く降りたいなあ」。

質問26　好きな鴨料理は?

浅生鴨　鴨料理?　鴨ってそんなに料理、ありましたっけ?
えーと、鍋じゃないな。ああ、ハム!　ハムが好きです!

質問27　ヤギは手紙を食べて、バクは夢を食べる。猫はなにを食べる?

浅生鴨　飼い主の生活。

質問28　愛用している筆記用具を教えてください。

浅生鴨　ペリカンの万年筆、ウォーターマンの万年筆、ぺんてるの万年筆。

質問29　みんなが言うほどおいしくない、と思う食べものは？
浅生鴨　たらの白子。
質問30　明日から10連休。なにをしますか？
浅生鴨　原稿。
質問31　いちばん好きなにおいは？
浅生鴨　なんのにおいかわからないんだけど、ときどき思い出す懐かしいにおい。ありますよね？　あれです、あのにおい。
質問32　過小評価されている、と思う人は？
浅生鴨　みんなが誰をどう評価しているのかわからないから「わからない」です。
質問33　扉の向こうから高校生の鴨さんが入ってきました。手になにを持っている？

浅生鴨　バールのようなもの。

質問34　鴨さんにとってツイッターはどんな場所？

浅生鴨　なにかを試す場所、かなあ。

質問35　人生でいちばん最初に観た映画は？

浅生鴨　『チャンプ』。あ、違うや。『長くつ下のピッピ』だ。

質問36　浅生鴨、という名前で損をしたことは？

浅生鴨　笑われることはあるけど、損はしてないいんじゃないかなあ。

質問37　最近やらかした、いちばんおおきな失敗は？

浅生鴨　同人誌をつくったこと。

質問38　音楽をかけながら原稿を書くことはできますか？
浅生鴨　できません。

質問39　外国人の東京観光をアテンドするとして、どこに連れていきますか？
浅生鴨　東京……外国のひと……馬事公苑！

質問40　これがあれば機嫌がよくなる、というアイテムは？
浅生鴨　えび満月。

質問41　得意料理はなんですか？
浅生鴨　冷蔵庫の残りものでつくる、まだ名前のつけられていない料理。

質問42　自分の本を読み返すことはありますか？
浅生鴨　ほとんどありません。

質問43　本棚のなか、積読本は何割くらい？

浅生鴨　未読の本、ってことですよね？　えーと、3割くらいかな。

質問44　同じ職場に「浅生鴨」がいたら、友だちになれそうですか？

浅生鴨　ぜったいに無理です。面倒くさくてしょうがない。

質問45　自分も歳をとったなー、と思う瞬間は？

浅生鴨　運動をして、乳酸のたまりを実感したとき。

質問46　自分はまだ若いなー、と思う瞬間は？

浅生鴨　小学生と本気になって遊んでいるとき。

質問47　浅生鴨にキャッチコピーをつけてください。

浅生鴨　「しょうがないやつ」。

質問48　次に同人誌をつくるとしたら、どんな本にしたい？
浅生鴨　この『雨は五分後にやんで』の次、でしょ？　次はねえ、絵本！
質問49　鴨さんにとって編集者ってどんな人？
浅生鴨　うーん、それこそ「伴走者」じゃないですか。
質問50　質問は以上です。なにか言い残したことは。
浅生鴨　どうもおつかれさまでした！

事前にじゅうぶん予期されたこととはいえ、まったくなんにもわからなかった。あいかわらず謎だらけで終わった。なにせ色紙にひと言「謎」と書く男なのだ。ひとつだけ、ひとつだけわかったことがあるとすれば「浅生鴨は、ハムが好き」である。本人は「えび満月」が好きだと言っているが、おそらくこの人、ハムのほうが好きだ。みなさん、鴨さんとホテルのビュッフェに行ったら、ハムは優先的に鴨さんにまわしてあげてください。

まだない

by ゴトウマサフミ

吾輩はネコである　名前はまだない

住民票もまだない　マイナンバーカードもまだない
サブウェイに行ったことも
Suicaをチャージしたこともまだない

二週間前にバイトの面接を受けたコンビニからの
採用不採用の連絡もまだない

一ヶ月前に知人から頼まれていた
新しい名刺のデザイン案もまだできていない
「いつでもいいよ」と言われていたせいか
そもそもとりかかってもいない

「そうそう、つい先日も〜」と話し始めてはみたものの
トークの着地点はまだない

お腹一杯になったので　もうお会計したいところだけれど
5分前に注文した寿司皿がまだ流れてこない

そして海を見たことも　まだない

北極星の日々

岡本真帆

誕生日の数字の秘密を暴いたと月の浮かんだ塾の階段

遠くからピアノがきこえる教室で教えてくれた楓の歌詞を

これだけをやっておいたら大丈夫　やさしい嘘を神様にする

番号が引かれて決まる番号が引かれてきみは呼ばれなかった

無駄こそがすべてと思う消えていく雲に名前をつける夕暮れ

五分後は他人に変わる三叉路で一番好きな歌の話を

擦り切れるほど上映する瞬間が真実なのかもうわからない

すこしずつ悪者になる仄昏い胸に微かに響くマリンバ

思い出し笑いを思い出し笑うきみを真昼に思い出してる

もう会うことはないだろうきみ　冬空の一等星は光り続ける

クロスとダンヒル

河野虎太郎

屋上には今時珍しく、工事現場で見かける赤い大きな灰皿スタンドが三台置いてあった。二週間の研修先は、二十五階建ての瀟洒な中央テレビ本社ビルではない、道を挟んだ築四十年の五階建てのビルにある。

宮森は情報番組のディレクターだ。しかし社内規定で数年に一度、他の部署の仕事を学ぶことになった。別館のビルの中にある『コミュニケーションルーム』にやってきた。視聴者からの問い合わせやクレームに対応する部署だ。日々電話やメールを受け回答し、番組の担当者に報告する。だから、番組への厳しい意見や長時間にわたる電話対応に疲れたスタッフがリフレッシュするために、広めの休憩所や喫煙所が設けられている。

研修四日目の午前、宮森はすでにくたびれていた。昨夜のニュース番組で大物政治家のインタビューが放送され、視聴者からの意見が多く届いていたからだ。いわく、あのキャスターは失礼だ。逆にもっと斬り込め。放送時間が短いぞ……五百通以上の意見に目を通し、そのとりまとめ作業を終えた。

自販機で甘い缶コーヒーを買って、喫煙所でひと息ついた。

「おい、兄ちゃん」

仕立てのいいスーツを着た白髪強面の男が、ダンヒルのライターの火をつけて宮森に差し出した。

「ありがとうございます……あの……僕、みや……」

この部署に来て数日、視聴者からの問い合わせにも答えず、後ろのソファーに座る男たちがいた。その中の一人は宮森の言葉を遮った。

「バカヤロー。あんまり仕事すんじゃねぇぞ。情報制作部だって？」

男は去っていった。煙草を吸い終わり古びた階段を下りると、男は部屋の窓際にあるソファで英字新聞を読んでいた。この四日間、電話やパソコンの前に座る姿を、一度も見ていない。この人は何をしているんだろう。


昼のニュース番組でアナウンサーが、不祥事をおこしたお菓子メーカー・A社の名前を間違えて、B社と読んでしまった。B社は中央テレビで高視聴率のクイズ番組を提供している重要なスポンサーだ。そもそもニュースで固有名詞を読み間違えるなどあってはならない。

ソファーに踏ん反り返っていたおじさん二人が立ち上がった。

「ヨネさん、俺は報道局長の部屋に行ってくるよ」

「頼むわムロちゃん、あと営業本部長のところも顔出しておいてくれ。俺はB社の宣伝担当役員んとこに行って、もろもろ話をつけてくる」

「大学の同級生だっけ？」

「バカヤロー。あっちが一年後輩だよ。ジャズ研究会の時のな。あいつ、楽器は下手だったけど口が達者で、司会をやってたんだよ」

宮森が窓から下の道路を眺めると、役員しか使えないはずの社旗がついた黒塗りのハイヤーが止まっていた。さっきのダンヒルのライターのおじさんが乗り込んでいった。

ヨネさん……何者なんだ。

夕方のニュースで謝罪コメントが流れた。昼間、B社に行ってきたおじさんはリモコンでテレビの音を絞り、どこかに電話をかけた。

「中テレでB社の商品買うぞ。俺が決めた。最低二百万円分だ。使い道は総務局厚生部に任せろ。あとは手分けしてB社の幹部の家行って玄関先で土下座してこい。社長の家は浜田山、副社長の家は碑文谷。会長の家は熱海の来宮で、明日は箱根のマウンテンサイドカントリーで八時一〇分スタートだ。会長車は横浜ナンバーのトヨタオリジン。運転手は娘婿でこの男もいずれ役員になるらしい。覚えとけバカヤロー」。

二日後、本社ビルの社員食堂でランチを食べた宮森は驚いた。『本日おやつ無料サービス、ご自由にお持ちください』と書かれた張り紙の前に、B社のチョコレートやスナック菓子が大量に並んでいたのだ。無料配布の理由を知らない食堂を訪れた関係者は喜び、次々と菓子を持ち帰っていった。

「一体、あの二人は何なんです？」

宮森は研修を命じた上司・田中のデスクに顔を出して聞いた。

「知らないのか？　あの人たちはな、ウチのレジェンドだよ。元・制作担当取締役。今はスペシャルアドバイザーとして、一応あの部屋に出勤してもらっているんだ」

口の悪いあのおじさんも、自分の先輩なのか。

「ムロさんは俺が新人の頃にやってた土曜日午前のワイドの演出や、お前さんが去年までやっていた『サンデーナイトワイド』を、十六年前に立ち上げた時の担当部長だぞ。ヨネさんは、音楽番組やバラエティ番組の『神』って呼ばれた人だ。今も芸能事務所の偉いさんは、あの人のところに挨拶を欠かさない。昔は相当おっかなかったけどな。新人歌手が挨拶に来ても、バーで酒を頼んでも、何かっていうとバカヤローが口癖だったんだよ」

その口癖は、今もそうだ。

「宮森さ、『朝だよ！　ちびっ子スタジオ』って生番組、知ってるか？」

その番組の名前は覚えていた。宮森が小学生の頃にも放送していた。

「ハイ、ペンギンの着ぐるみが出てくる……」

「そうそう。あれもヨネさんが初代の演出で、子どもに電話かけるクイズがあってな、正解した子どもにプレゼントあげてたんだよ」

人気の玩具が当たるコーナーだった。

「ところがさ、ヨネさんは『朝ちび』だけじゃなくて、他の音楽番組とかやっていて忙しかったからプレゼントの発送が滞って、とうとう子どもから問い合わせの電話が来たんだよ」

「僕のおもちゃが届いてません、って？」

「ああ。そうしたらヨネさんすごいぞ。『おい坊主、いいから勉強して待ってろ！そのうち届くからテレビのことなんか気にするな、バカヤロー』って怒鳴って電話切っちゃったんだよ」

田中は笑いながら話したが、今だったら然るべき部署に呼び出されるような話だ。でも、あのソファにいるおじさんたちは以前の仕事などで得た人間関係で、中央テレビが抱えている問題にも対応できる黒幕のような存在だということがわかった。

コミュニケーションルームに戻った宮森が受けた電話は、若い女性の声だった。

「去年亡くなった母が昔、中央テレビの番組に出たって言っていたのを思い出して、三十五年前の高校生の時だったんですけど……番組名ってわかりますか？」

ここに寄せられる声は、意見やクレーム、放送で紹介した店の問い合わせなどが大半だが、時々こうして、過去に放送された番組の問い合わせもくる。インターネットで調べても出てこないテレビ番組は、いくらでもある。

宮森は、お母さんが番組でどんなことをしたのかを聞いて、メモをとった。「朝早い番組」「カメラの前でシャワーを浴びた」「水着で公園を走った」と、そして「そんなことやってる番組があったんですか?」と訊ねられた。

宮森は、聞きたいのはこっちだと思った。

おおらかな時代のことはいえ、朝から女子高生がシャワーを浴びる映像を流すか? そんな番組があるわけないだろう、思い違いではないのか。一旦電話を切って、検索をかけたが、それらしい番組は出てこなかった。

そうだ、コレはヨネさんに聞いてみよう。ソファでヨネさんはジャズ雑誌を読んでいた。

「あの……こんな問い合わせが」

メモに書いたことを読み上げた。

「バカヤロー。ウチゃ天下の中テレだぞ。そんな朝っぱらから女子高生がシャワー浴びて胸出してなんて下品な番組、やるわけないだろう!」

「あの、胸を出して、とは言ってないんですが……」

「いいんだよそんなことはバカヤロー。兄ちゃんな、そりゃ夜中はまだ女の裸を平気で放送してた時代だけどよ……さすがに三十五年前だって、朝の六時はニュース番組をやってたぞ」

ムロさんがやってきた。宮森は今の話を繰り返した。ヨネさんが割って入る。

「ムロちゃん、そんな番組、知らないよな」

「いや、俺若い頃に見たよ。朝に女の子がシャワー浴びる番組だろ？」

「ええ!?」

ヨネさんも宮森も一斉に声をあげた。

「そのスタッフロールに、ヨネさんの名前を見たんだよ」

「ああ？　俺、そんな番組やってないぞバカヤロー」

「いや、確かに見た。土曜日の生放送の準備をしていた時だよ。胸や尻は映ってなかったけど、後ろ姿とかを映してた。本番前に副調整室で見て、心底驚いたのよ」

ややこしいことになった。

宮森は下の階にある資料室から、新聞の縮刷版を運んできて当時のテレビ欄を見た。しかし、朝六時台のスペースはわずか二行。『6：00料理◇6：10ゴルフ◇アニメ再◇45N天』としか書かれていない。これはお手上げだ。問い合わせてきた女性には「局内の資料を探したのですが、該当する番組は見つかりませんでした」と回答しようと思った。

見かねたヨネさんが叫ぶ。

「おい、兄ちゃん、資料室からフンドシ持ってこい！」

女性スタッフが、ぎょっとした顔でこっちを見た。水着だフンドシだと騒がしい。

「フンドシ⁉」

「ふ、フンドシって何すか？」

「おめぇ知らねぇのかバカヤロー！　編成のアレだよ」

ムロさんが一週間の番組編成が記されたタイムテーブルのことだと教えてくれた。縦に長い紙なので、局内ではかつてそう呼ばれていた。これなら番組の正式なタイトルもわかるはずだ。

一九八〇年代のタイムテーブルを持って部屋に戻った。さっきまでムロさんとヨネさんは「そんな番組はあった、なかった」「俺はそんな番組やってない、いや、やってた」と押し問答をしていたが、今度は四十五年前に同僚が深夜の生番組でストリップショーを企画し、会社中が大騒ぎになった時の話をしている。

生放送中に木刀を持った男が警備を突破しスタジオに乗り込んできた。男はストリッパーのヒモだった。男の姿を見たストリッパーはカメラの前から素っ裸で逃げ出した。男はスタジオセットのバーカウンターに並ぶウイスキーをラッパ飲みし、酒瓶とグラスを次々と投げつけた。そこへ剣道の国体選手だったという音声マンがスタジオの隅にあった竹箒で反撃、美術スタッフも普段から持っている金槌と釘抜きの二刀流で応戦した。

その様子はそのまま生放送で映し出され、放送を見ていた中央テレビの所轄署の警官が局に急行し、さらに大立ち回りに。番組の終了時間寸前に男は取り押さえられたが、ガラスの破片と酒の臭いでスタジオは使用不能になった。ディレクターは不可抗力とはいえ、女性の下半身がテレビに映ったことで警察の事情聴取を受けた。視聴者からの抗議電話数は四千本にも及び、都内の電話回線がパンク。

社屋は警察車両、他局や新聞社の車に取り囲まれ、道路は大渋滞を引き起こした。タクシーや配送トラックの運転手がクラクションを鳴らし、近所の商店主たちは寝巻き姿で局に直接怒鳴り込んできた。中央テレビは被害者のはずなのに、制作局長と総務局長は深夜二時に謝罪会見を開く羽目になった。視聴率は……普段の五倍以上の二十六％を弾き出した。

「ありゃどいつもこいつもバカヤローだったな……おう、持ってきたか」

「ハイ」

「じゃあ、順番にたどってみるか」

藁半紙よりちょっと厚めの紙でできた『フンドシ』は、丁寧にめくらないとすぐに破ける。並ぶ番組名は生放送の『おはようニュース６４５』。録画番組は『ゆかりと一星のハッピークッキング』『河瀬プロのゴルフレッスン』に、アニメの再放送だ。女子高生がシャワーを浴びているようなタイトルの番組など見当たらない。

宮森は諦めて伸びをしたその時、ヨネさんが叫んだ。

「わかったぞバカヤロー。これだ！　音楽事業社のフィラー番組だ！」

「事業社？　フィラー？」

クロスのボールペンが指した先には「サウンド・モーニングコール」と書いてあった。週一回、土曜日の朝・五時五五分からの五分番組だ。

「今の中テレ・ミュージック＆ライツ社。昔は中央テレビ音楽事業社って名前だ。そこが楽曲の権利を持っている新人バンドとかの音楽にのせて、素人のお姉ちゃんがプールで泳いだり、シャワー浴びてる姿を流した番組だと思う。で、これ見ればわかるが、放送開始の直後に流れる環境映像みたいな番組だ。新聞のテレビ欄には書いてなかったんだろうな……」

ヨネさんは思い出しつつも、今ひとつ確信を持たない口ぶりだった。

「ヨネさん！　そういうことでしたか。いや、でもわかってよかったです」

宮森もそうは言ったものの、心の中にもやもやしたものが残った。

資料を片付けて、屋上の喫煙所に上がった。ヨネさんとムロさんは先にいた。今度はヨネさんは火をつけてくれず、話しだした。

「あの番組な。簡単に言えば俺はプロデューサーの名前貸しだ。中央テレビ側の責任者だな。俺はその頃、ゴールデンタイムの歌番組、日曜の昼の音楽番組とか、いくつも人気番組を抱えていた。だから早朝の番組は、若いディレクターに任せていたんだ」

「チェックとか、試写は……」

「そんなものは、やってなかった。でも、社外の連中、プロダクションとかレコード会社とか……中にはチンピラみたいな奴もいたさ。でも、そいつらと会っていたから、いろんな面白いことが生み出せたんだよ」

宮森は煙草を持ったまま話を聞いていた。

「チェックばかりしてダメ出しするよりも、まずはディレクターが現場で面白いと思うことをやらなきゃ仕事は進まない。でも今はみんなメールにネット。それにリモートだ。物事はトントン進むかもしれないけど、段取り主義で中身空っぽのバカヤロー番組になっちまうからな」

日々の仕事に追われる自分を見抜かれているようだった。

煙草を吸わないムロさんは、マスクをしたまま頷き、少しずらして缶コーヒーに口をつけた。

「で、問い合わせてきた娘さんには、伝えたのか？」

ヨネさんに聞かれた宮森は、一瞬ためらって答えた。

「いいえ、まだ。というか『局内の資料には、該当する番組は見当たりませんでした』って言うつもりです」

「え？　どうしてだい？」

ムロさんが聞いた。

「お嬢さんは、若い頃の母親がシャワーを浴びるテレビ番組があったなんて、信じられないような口ぶりで電話してきたんです。彼女が問い合わせてきた理由はわからないですけど……。だから、たとえうちの局の番組に出演していた可能性があったとしても、いっそそんな番組はわからなかったって言ってあげたほうが、幸せかなって……俺、思うんすよ。いろいろヒントをくださったのに、すみません、そうします」

煙草を吸わないムロさんが、宮森に煙草を一本もらえないかと言った。

　今度はヨネさんがダンヒルのライターを差し出した。全員が横一列に並んで煙草を吸う。ムロさんは、煙を吐きながら「視聴者の幸せかぁ」と呟くように言った。

　強面で知られたかつてのテレビマン・ヨネさんは、好々爺の表情で煙草の火を消した。でも、すぐにマスクをつけたので、その口元は一瞬しか見えなかった。それでも声だけははっきり聞こえた。

「調べりゃ、答えがなんでも手に入るって思うなってことだな。そういうことなんだな宮森。このバカヤローが」

　なんだ、名字を知っていたんじゃないか。

　ビルの下で照明が焚かれた。局の玄関前から中継する、夕方のニュース番組のお天気コーナーが始まる時間だ。

リベットと鞄とスポーツカー

浅生　鴨

灰色に塗られた空は、手を伸ばせば掴めそうなほど近くにまで雲が降りている。どこか燻んだ空気はたっぷりと湿気を含んでいて、予報通りいつ雨が降り出してもおかしくない気配だった。梅雨は明けたというのに、いっこうに天気は良くならないままだ。

駅前のバスターミナルでひとしきり時刻表を眺めてから北原は

「歩くか」

とだけ言って、こちらを振り返ろうともせずのんびりと前を歩き始めた。

「あ、北原さん、ちょっと待ってください」

てっきりタクシーに乗るとばかり思っていた直樹は慌ててそのあとを追う。バックパックを背負い直し、地面に置いてあった鞄を左手で持ち上げるとずっしりとした重みが肩まで伝わった。黒い大型のアタッシェケースは航空機のパイロットが使っているものによく似ていて、底の四隅の革は剥がれている。

「ふう」

直樹は腕に力を入れ、大きく息を吐いた。鞄の中に入っているものを考えると、よりいっそう重さが増すように感じる。

道路を隔てた向こう側に安いビジネスホテルとチェーンの居酒屋店がいくつか並んでいるのは、どこにでもあるおなじみの光景だった。サラ金とコンタクトレンズ店の看板、そして金属を組み合わせて造られたモニュメント。こうした駅前にはたいてい意味のわからないモニュメントが置かれているが、どこも同じだ。街の個性を出そうとすればするほど、なぜかみんな似通ってくる。

ペチ。

不意に頭のてっぺんに冷たいものを感じて直樹は顔を上げた。

雨だ。念のために用意してあった透明のビニール傘を開くと両手が塞がる。バックパックにしておいてよかったと直樹は思った。

手ぶらだった筈なのに、北原もどこから出したのか、いつの間にか折り畳み傘を開いている。

いつもぼんやりしてるように見えるが、実は用意周到な人なのだ。営業部から総務部へ異動してまだまもない直樹にも、そのことはとっくにわかっていた。

たいして背が高いわけでもなく、痩せぎすなのに妙に怖く感じることがあるのは、その目のせいだ。まるで顔に開けられた隙間から何かが覗き込んでいるようで、時折、驚くほど冷たい光を帯びた。顔に笑みを浮かべたまま、その冷たい瞳を見せるから余計に怖い。

五十を過ぎてもまだ係長なのは、本人がずっと出世を拒んでいるからだという噂を直樹は営業部にいたころから何度か耳にしていた。変化が嫌いなのだろうか。

駅前からまっすぐ伸びる緩やかな坂道の両側に並ぶ小さな商店は、もうとっくに廃業したのか、その殆どがシャッターを下ろしたままになっていた。

そのシャッターにスプレーで描かれた大量の落書きは、どれもどこかで見たことのある図案ばかりで、どれほど派手に描いてあっても、結局、誰の記憶にも残らない。

駅前のモニュメントと同じだなと直樹は思う。

坂を上がるにつれて商店の数はまばらになって、やがて古い住宅と空き地が混ざり始めた。緩い坂だとはいえ、それでも上っているうちに次第に体に熱が籠ってくる。傘を持った右手の指先で器用に上着のボタンを外すと、蒸れたまま行き場をなくしていた空気が、もわっと体から立ち上った。これで少しは体温も下がるだろう。

「ここからは楽だよ」

坂を上り切ったところで、ようやく北原はこちらを振り返った。視線は鞄に向けられている。

北原の背後には田畑が眼下に広がり、さらにその向こう側で、長く横に続く山の尾根が空を半分に切っていた。

「これを下ったらすぐだからさ」

そう言って雨の中、再び歩き始める。

北原の言った通り、なだらかな坂を下りきったところに目的の家はあった。畑に囲まれた古い木造の平屋は板壁で、屋根にはトタンが張られている。家のすぐ後ろには林が続いていて、そのまま山に繋がっていた。山の麓あたりには薄く白い霧が立ち込めている。

錆びて色褪せた白い軽トラックが一台、家のすぐ横に停めてあった。この家の車なのだろう。使われなくなってからずいぶん長く経つのか、大きく凹んだボンネットの一部は剥がれ落ち、雨でぬかるんだ地面に空気の抜けたタイヤがめり込んでいた。どことなく漂うカビの匂いが鼻をつく。

「ほら行くぞ」

ぼんやり軽トラックを眺めていた直樹に北原が声をかけた。

気が重かった。話をするのは北原で、直樹はあくまでも鞄持ちとしてついて来ているだけだ。何も言わなくていいし何もしなくていい。わかってはいても、やはり気が重かった。何もできないぶん、余計に気が重かった。

「和地くん、ちょっとこっち来てよ」

直樹が出社するのを待っていたかのように内線電話が架かってきたのは今朝のことだ。

広々としたオフィスフロアの一番奥に北原の席はあった。机の上には仕事の書類だけでなく、かなり厚めの小説本や映画のパンフレット、近所のスーパーで配られているクーポン券付きのチラシ、古い新聞などが高々と積み上がっていて、どこに何があるのかはたぶん本人にも把握できていない。

「今日、藤木さんのところに行くからさ、一緒に行ってくれないかな」

直樹が机の横に立つと、北原が書類の山の間から顔を見せた。

「藤木さんってリベットの？」

「そう、リベットの。ご家族のところに届けにね」

「でも、どうして私が」

「だって、最初に対応したの和地くんだろ」

「対応したって言っても、工場から架かってきた電話に出ただけじゃないですか」

「そのあと俺と現場にも行ったしさ」

「私はただ見ていただけです」

「いやいや、それも立派な対応だよ」

「はあ」

「それでさあ、これを持って行ってよ」

北原が足元から引きずり出した黒い鞄を机に置くと、振動で書類の山が崩れた。重力に抵抗する気もない書類たちが、ドサと大きな音を立てて床に散らばる。

「いわゆる鞄持ちってやつね」

北原は床に落ちた書類に視線をやりながらも、たいして気にするふうでもなく、淡々と言う。

直樹は机に一歩近づき、手を伸ばして鞄を持ち上げた。

「けっこう重いですね。何が入ってるんですか」

北原は不思議そうな顔つきになった。軽く尖らせた口を曲げる。

「言わなくてもわかるだろ、和地くんには」

その口調で中身の想像はついた。

「ええ、まあ。でもこんなに重いなんて」

「なあに、中身は軽いんだよ。鞄が重いのさ」

「はあ」

「鞄、失くすなよ」

口調は悪戯っぽかったが、細い目は真剣だった。

「当たり前です。怖くて失くせませんよ」

どうやっても、これだけ大きな鞄を失くす筈がない。

それじゃ午後にと言って、北原は黙々と床に散らばった書類を拾い始めた。

傘をさしたまま二人は家の前に並んで立ち、黙って顔を見合わせた。郵便受けのネームプレートには黒いマジックで藤木洋介とフルネームが大きく書かれている。雨が激しさを増して、郵便受けの上で跳ね返った雨粒が直樹の顔を濡らした。

直樹に向かって一度大きく頷いてから、北原が呼び鈴のボタンを押した。プーッと飾り気のないブザー音が引き戸の向こうで響き渡る。なんとなくチャイムの音が鳴るような気がしていた直樹はどこか拍子が抜けた。

「ごめんください」

北原がそう声を上げるのと殆ど同時に引き戸がガタと音を立てて開いた。驚いた顔をした男性がこちらを覗く。

「ご連絡を差し上げていました、上村工業の北原です」

「あ、どうも。藤木です」

男性は両手を戸にかけて力を込めた。

ガタと再び音が鳴る。

どこかで引っかかったのか戸は完全には開かず、人が通れるだけの隙間を作ってそこで止まった。

小柄でやや太り気味の藤木は、体だけでなく顔も目も鼻も丸かった。全体的にずんぐりしている。体だけでなく顔もずんぐりしているんだなと直樹は思った。

「お上がりください」

驚いた表情とは裏腹に口調は丁寧だった。どうやら驚いているわけではなさそうで、たぶんそういう顔なのだろう。

「こちらへどうぞ」

藤木に案内されるまま、二人は玄関からそのまままっすぐ居間へあがった。八畳ほどの薄暗い部屋には天井近くにまで所狭しと物が溢れていて、妙な圧迫感がある。襖が閉められていて様子はわからないが、おそらく奥にもう一部屋あるようだった。カレーの匂いがする。

北原と直樹は居間の中央に置かれた座卓に腰を下ろした。向こう側には三人の男女が座っている。

「上村工業で総務を担当している北原と申します」

男性二人の間に藤木が座るのを待ってから北原は軽く腰を浮かし、座卓越しに名刺を渡した。直樹も急いで名刺を取り出す。

「それで？」

最初に声を出したのは、卓の右端で薄ら笑みを浮かべている男性で、弁護士の大佐田（おおさだ）と名乗っていた。左側の男女は藤木の兄夫婦だという。

「そうですね。まずはこれを」

北原は上着の内ポケットから袱紗の包みを取り出し、卓の上でそっと広げた。銀鼠色の縮緬がカサと微かな音を立てる。中から出て来たのは、一本のリベットだった。

「これですか？」藤木が眉間に皺を寄せた。

「ええ」

どこの板金工場にもありそうな、何の変哲もないアルミ製の丸リベットは、直径が一センチ、長さが四センチほどで、たいして研磨されていないせいか、天井の蛍光灯を受けても鈍く光るだけだった。

「その、これが佳恵（かえ）？」

「おそらく……ですが」

北原はどこか困ったような顔で頷いたが、おそらくそれは演技で、本当はまるで困っていないのだろうと直樹は感じていた。

藤木の妻、佳恵が田所にある電子部品工場からふいに姿を消したのは先週のことだ。午前中は普通に働いていたのに昼休みが終わったあともなぜか持ち場に戻らず、不審に思った同じ班の工員たちが手分けをして工場の中と外をくまなく探したものの、どこにも佳恵の姿は見当たらなかった。

知らせを受けた工場長の高延（たかのべ）が佳恵の携帯電話に架けると、事務室のロッカーから「パプリカ」の軽快なメロディが流れてきて、携帯はそこにあるとわかった。

「ということなので、一応ご報告を」

「無断で帰ったってことはないんですか？」

高延からの電話に出たのが、総務部へ異動してまだまもない直樹だった。

「可能性がないとはいえませんが」

直樹は高延とは営業時代に何度か顔を合わせたことがあった。もうすぐ定年を迎える工場一筋の大ベテランだというのに、いつも口調は穏やかで、直樹のような若手にも敬語で話す。

「几帳面な人ですから、帰るのであれば誰かに伝言するでしょうし、携帯が残っているのも気になりまして」

「なるほど」直樹は受話器を耳に当てたまま頷いた。

となると、昼休み中に事件や事故に巻き込まれた可能性がある。直樹は頭の中でこうした場合の処理手順を思い出そうとした。確かマニュアルが総務フォルダの中にあった筈だ。右手でパソコンのマウスを掴む。

「それに、その……リベットがあったんです」受話器の向こうで高延が戸惑うような声を出した。

「は？　リベット？」

声が思わず裏返った。遠くで北原がぬっと首を伸ばしたのが目に入る。

「ええ。金属の接合に使われるものです」

「それは知ってますけど」

「彼女の使っていた椅子の上に新しいリベットが一本置いてありまして」

「それが何か問題なんですか？」

「リベットですから」

「そりゃまあ、奇妙ですけれど」

鉄板や金属を扱う工場でリベットが転がっていることは、もちろん安全上あってはならないことだが、可能性としてはゼロではない。けれども電子部品の工場にリベットはない。

「和地くん、代わるよ」

直樹の気づかないうちに北原がそばに立っていた。

「あ、はい。お願いします」

「北原です、どうもどうも」

受話器を耳に当てた北原がのんびりした声を出すのを聞きながら、直樹は総務フォルダの中からマニュアルを探し始めた。

「それは間違いなく新しいリベットなんですね？」

確かに奇妙な話だった。たとえ工場の建物に使われているリベットが外れ落ちることがあったとしても、新しいリベットが椅子に置かれることは、まずありえない。

「じゃあ、そっちに向かいますから。ええ、警察にはこちらから。ええ。はい」

電話を切った北原は、その場で手元のメモを眺めながら、しばらく何かを考え込んでいるようだった。

「和地くんも行くか」急に声をかけてきた。

「はい？」

「田所にだよ」

工場についたのはそろそろ日が落ちるかというころだった。北原から連絡を受けて、のっそりと自転車でやって来た二人の警察官は、工員たちから簡単に事情を聞いたあと、工場の中をウロウロと探し回るふりをした。椅子の下を覗き込んだり、ロッカーを開けたりと、そんなことだ。それはもうとっくに工員たちのやったことで、たぶん本気で探すつもりはないのだなと直樹は感じた。

「いないね」警察官の一人が言った。

「どこにもいない」

「ええ。だからご連絡を差し上げたのです」高延がうんざりした顔つきになった。

「あ、そうだね。そうだった」

「それで、私たちは何をすればいいのでしょう？」

「うーん、そうだなあ」警察官たちは顔を見合わせた。

「とりあえず、しばらくは様子見だね」

「失踪届は？」

「いやいや、それは早いね。まだ早いでしょ」

「そうそう。もう少し待ったほうがいいよ」

どうやら面倒くさいことはやりたくないらしい。

「はあ、そうですか」高延もそれ以上二人に何かを求めるつもりはなさそうだった。

「それじゃ」

「何かあったらすぐに連絡をね」

二人の警察官はなんだか嬉しそうに敬礼のようなポーズをとってから、来たときと同じようにのっそりと自転車で帰っていった。

「何かあったから連絡したんじゃないか」直樹はだんだん小さくなっていく警察

官たちに向かって、こっそり毒を吐いた。

「じゃあ、ご家族には俺から説明しますよ」

工場の通用口に立った北原は、両手を上着のポケットに入れたまま高延に言った。

「ええ、お願いします。私ではどう言えばいいのかわからなくて」

「ま、それが俺の仕事ですから」

相変わらず、その細い目の奥には妙な凄みが浮かんでいた。


警察官に言われた通り数日待ったが、状況は何も変わらなかった。いったい何が起きたのか直樹にはさっぱりわからないままだ。佳恵がなぜいなくなったのかも、どこへ行ったのかも。ただリベットだけがそこにあって、何かを訴えかけているようだった。


「人が一人いなくなったわけだ」

会議机の中央に敷かれた白い布の上に、北原が問題のリベットを静かに置いた。

「はい」

「一方、突然現れたのが」

「リベットですね」

　向かい側に座る直樹の答えに北原は満足そうに頷いた。

「ということは、リベットがその人だと考えるのが一番わかりやすいだろう」

「え？」直樹の目が丸くなった。

「つまり、このリベットが藤木佳恵さんだ」

「ち、ちょっと待ってください。それはおかしいでしょ」

「どうしてだ？」

「だって、これリベットですよ。人じゃないですよ」つい声が大きくなる。

「和地くん」柔らかい声を出したのは高延だ。

「長く生きているとね、いろんなことがあるんです」

「そうそう」北原も同調する。

「そういう問題じゃないと思うんですけど」

「そういう問題なんですよ」

「人ってのはさ」

北原は直樹の顔を覗き込むようにして言う。

「ときにはリベットになったり、芋けんぴになったりするものなんだよ」

「芋けんぴ？」

「ま、今回はリベットだけどね」

「はあ」

直樹は顔をしかめた。

「北原さんの仰るとおりですよ。リベットが残されたのですから、佳恵さんがリベットになったと考えるのが普通でしょう」

「でも、芋けんぴは？」

「いや、それはもういいんだって。とにかくリベットになったと思えばみんなも納得できるだろ。こういう場合は納得感が一番大事なのさ」

「だけど、やっぱり」

「実はさ」

北原の目が急に例の冷たさを帯び、その目を正面から見つめた直樹の胃がぎゅうと音を立てて縮んだ。

「初めてじゃないんだよ。人がリベットになるのは」

なんでも、ここ半年ほどの間、全国の電子部品工場で突然跡形もなく人が消えて、あとにリベットが残るという現象が次々に起きているのだという。もちろん原因は不明だ。

「そのうちに、みんなリベットになるかもしれないぞ」

「まさか」

「まあ、なんとなく、うちでは起きないだろうと思っていたんだけどさ。ちょっと見通しが甘かったな」北原はそう言って肩をすくめる。

その軽さに直樹は妙な違和感を覚えた。

藤木佳恵がリベットになったことは簡単な報告書にまとめられ、すぐに役員会へ届けられた。

役員たちが気にしたのは、この件の責任が会社にあるかどうかだけで、すぐに開かれた役員会で、藤木佳恵は個人で勝手にリベットになったのであって、会社が強制したわけでもリベットになりそうな状況に置いていたわけでもないため、社に責任はないと結論づけた。

「あとは総務部でうまく処理してくれとのことだ。北原さんに任せるよ」

役員会から戻ってきた部長は神妙な顔つきでそう言うと、両腕で大きく伸びをしてから、机の上に置きっ放しになっていた青い湯呑みを持って部屋から出て行った。


会社に責任はないと言いつつも「余計な不安を煽らないため」という理由から社内には箝口令が敷かれた。

それでもどこから聞きつけたのか、妙な正義感に燃えた地元紙の記者が、なんとか会社側の落ち度を見つけようと半日ばかりあれこれと嗅ぎ回っていたが、結局のところ「工員がリベットに？」という小さなベタ記事が翌日の朝刊に出ただけで終わった。すぐに興味を失った記者は、もっと自分の正義感を満たせる標的を探しに行ったようだった。

「週が明けたら、ご家族の元へ届けるよ」

北原はリベットを静かに指先で摘むと、銀鼠色の袱紗に乗せて、それを丁寧に包んだ。

「専門家によれば、こうしたリベットには三歳児程度の知能があるそうです」

北原が座卓に置かれたリベットの上で指を三本広げる。

「へえ、そうなんですか」藤木の兄が高い声を上げた。隣でその妻も目を丸くしている。

「ですから、簡単な話であれば理解できる筈です」

藤木はふんふんと何度も大きく頷いてから、リベットに顔を近づけた。

「おい、佳恵。聞こえるか？」

リベットは特に何の反応も見せなかった。

「聞こえているのかな？」首を傾げる。

「返事はできるのかしら？」

「それは難しいでしょう。リベットですから」

「そうですか」

全員が視線をリベットに落としたまま黙り込んだ。

雨の音がますます激しくなる。その音に混ざって、遠くからセミの鳴き声が聞こえていた。

「補償はどうなさるつもりでしょうか」そう聞いたのは大佐田だった。

「実は、私どもには責任はないと考えておりまして」北原が静かに答える。

「それはおかしいでしょう。業務中にリベットになったんですから、責任はそちらにありますよ」

「なぜ佳恵さんがリベットになったのかがわかりませんので、そこは何とも言えません」

「藤木さんは訴訟を考えておられますが」そう言って大佐田は藤木に顔を向けた。

藤木は相変わらず驚いた顔でリベットを見つめたまま、何度か頷く。

「そこはもう、藤木さんのお気持ちしだいですから。ただ、裁判になれば何年もかかるでしょうし、それに、藤木さんの主張が全て認められるとも限りません」

「なんだよそれ。責任逃れをするつもりなのか」藤木の兄が話に割って入った。

「そういうことではありません。当然のことですが、裁判になればこちらとしても責任の所在をはっきりさせます。もちろん奥様がこうなったことは、たいへん残念に思っておりますが」

北原はそこで一度言葉を切り、卓に置かれた茶を飲んだ。ふっと鼻から息を吐く。

「弊社に責任があるかどうかは裁判所の決めることですし、藤木さんが望まれる結果になるとも限りません」

「おい、大佐田先生よ。絶対に勝てるってあんた言ったじゃないか」藤木の兄が声を大きくした。

「も、もちろん、裁判ですからいろいろな可能性があります。ただ、こういうケースでは一般的に考えて……」兄の剣幕に大佐田の腰が浮き上がる。

「そこでですね」北原はすっと片手をあげて大佐田の言葉を遮った。

「今回、私どもは、藤木さんへのお見舞い金をご用意いたしました」静かに言う。

「お見舞い金？」聞いたのは兄だった。藤木はさっきからずっと黙ったままリベットを見つめている。

「そうです。慰謝料や補償ではなく、藤木さんのご心労に対するお見舞いです」

「ふざけるな。弟の嫁がリベットになったんだぞ」兄が立ち上がった。

「こちらとしては、これが精一杯の対応でして」

北原は兄を見上げながら「精一杯」をゆっくりと感情を込めた口調で言う。

またしても部屋の中に沈黙が広がった。雨音とセミの鳴き声。カレーの匂い。

直樹はずっと昔にどこかでこうした光景に出会ったことがあるような気がした。

「和地くん」

不意に北原から声をかけられ、直樹はキョトンとした。

「え？　はい？」

「ほら、鞄を」

「あ、はい」

直樹が立ち上がり、脇に置いてあった鞄を卓の上に置くと、北原は両手を使ってそのまま自分の前へ引き寄せた。鞄の底が擦れて耳障りな音を立てた。

北原はパチリと大きな音を立てて金具を外すと、上蓋を向こう側へ静かに開いた。卓の向こうから四人が首を伸ばして鞄の中を覗こうとするが、その視線は蓋に遮られていた。

鞄の中身は現金だった。帯封の巻かれた束がぎっしりと並んでいるのが直樹の目に入る。もちろん現金だろうとは思っていたが、こうして実際に目にすると今更ながら妙な緊張感が背中を流れる。

北原は無造作に札束を掴み、次々と卓の上に置き始めた。札束の数が十二を超えたところで、藤木が唾を飲み込む音が聞こえた。

「これ、お見舞い金なんですか」

それには答えず北原はどんどん札束を積み上げていく。

やがて二十の札束が卓に置かれた。

「これが今お渡しできる精一杯のお見舞い金です」

北原は抑揚が一切感じられない声を出した。目には例の冷たい光が浮かんでいる。

「金の問題じゃないんです」

藤木は絞り出すような声でそう言うが、視線は札に向けられたままだった。

「もちろんです。ですが」

鞄の奥から一枚の紙を取り出して札束の横に置き、指先でほんの少しだけ藤木の方へ滑らせる。

紙の先端が袱紗に触れてリベットがわずかに揺れた。

「もしも、今日こちらの書類にご署名いただければ、私の一存で積み増しいたします」

そう言って、さらに鞄から札束を取り出し始める。

一つ、二つ、四つ、六つ。

さっき置かれた札束の山の隣に、同じだけの山ができる。全部で四十の札束が卓に乗っていた。

「大佐田先生」藤木は大佐田を見た。声が震えている。

「藤木さん、ちょっと落ち着きましょう。裁判をすれば確実にこれ以上の補償がなされますから」

「二億」兄の妻がポツリと口にした。

「二億円なんでしょ?」

「まあ、一般的にはそれくらいの補償になるかと」大佐田が肩を竦める。

「一般的ってなんだよ。裁判すれば取れるんだろ?」兄が尖った声を出した。

「もちろん勝てばの話ですが。ただ、今回のような場合、藤木さんが負けることはまず考えられませんから」

「でも確実じゃないのね？」

「絶対とは言えませんが、負ける筈はありません」

「だってあんた取れるって言ったじゃないかよ」兄が怒鳴り声になった。

「だから絶対ではありません」大佐田も負けじと声を荒らげる。

「じゃあ、これをもらったほうがいいじゃないか」

「そうよ」

「いいから、みんな静かにしてくれ」黙って三人のやりとりを聞いていた藤木がいきなり叫んだ。

「佳恵には聞こえているんだよ」そう言ってリベットを指差す。

「そうなんですよね？」

「ええ、おそらくは」北原が首を軽く傾けた。

「佳恵にこんな騒ぎを聞かせたくありません」藤木は固い声でそう言った。

ザーッ。

全員が口を閉じると雨音が静寂を埋める。

大佐田が眉間にぐっと皺を寄せたまま、北原を睨みつけていた。

「それでは、私たちは少し席を外しますから、どうされるかを皆さんで決めてください」

北原は静かに立ち上がり、外に出るぞと直樹に顎で合図をした。軽く一礼をして、そのまま部屋を出て行く。

居間から玄関へ向かう北原のあとに直樹も続いた。

「あんなことして恨まれませんか」

家のすぐ前に立った直樹がそう聞くと、北原は小声で何かを答えた。激しい雨を受けて傘がバタバタと大きな音を立てるので、よく聞き取れない。

「きっと恨まれますよ」雨音に負けないよう大声を出した。

「ひどいと思うか」北原も大声で答える。

「でも、それが俺たちの仕事なんだよ」

そう言った北原の表情は傘に隠れて見えなかった。

突然、すうっと雨脚が弱まって、それまでなんとなく燻んでいた視界が急に澄んだように感じられた。厚く重い雲の隙間からぼんやりと薄い光が差すと、そこだけ別の世界になる。

「あ」

どんどん弱まる雨は最後の数滴を地面に散らして、そしてやんだ。

直樹はズボンの尻ポケットからスマホを取り出して、画面を覗き込んだ。外に出てからまだ五分しか経っていない。

あんなに激しく降っていた雨が、たったの五分でやむ。短いようで長い五分。五分で景色さえも違って見えるのだ。ものごとが変わるには、それでも充分な長さなのかもしれない。

「それが仕事、ですか」

佳恵がリベットになった原因が会社にあるとは考えられないから、おそらく裁判になれば会社が勝つだろう。そうなれば藤木にはどこにも寄る辺がなくなってしまう。誰にも落ち度がないとき、誰も責められないとき、人は怒りのやり場を失う。内側に籠もったその怒りは永久に消えないまま人を蝕んでいく。

けれども、北原にうまく丸め込まれたのだと思えば、この先ずっと北原を恨むことができる。

「そのために私たちはここに来たんですね」

「ん？」

「恨まれるために来たんでしょ」

「まさか」

北原はガチャガチャと音を立てて傘を畳むと、タバコの箱を手にした。メンソールだった。

「黙らせるために決まってるじゃないか」

ゆっくりとマッチで火をつけると、ゆらゆらと火が左右に動く。

「マッチの火は温度が低いんでね」

聞いてもいないのに説明を始める。

「紙が焦げなくていいんだ」

本当かどうかはわからないけれども、北原はそう思っているらしい。

「ここ、たぶん路上喫煙禁止ですよ」

「最近は、どこもそうなんだよ」

そう言いながらも吸うのを止める気はなさそうだった。

「工場でも吸うやつ減ったんだよね」

やがて日が暮れる。

僅かに開けた口から流れ出る白い煙が静かに漂った。北原はそのますっと空を見る。直樹も釣られて同じ方向を見上げた。

「藤木さん、強い人ですよね」

「どうしてそう思う?」

「だって、お金じゃないんだって言ってたし」

「人は簡単に変わるよ」

「そんなの、人それぞれじゃないですか」

「誰もが自分は他の人と違うと思いたがるんだけどさ、でも、みんな同じなんだよ」

雨はすっかりやんでいたが､雨上がりの空は厚い雲に覆われたままだった。きっと今夜は月も星も見えないだろう。

「なんでリベットなんでしょうね」

直樹はふとそう聞いたが、北原は何も答えなかった。

背後でガタと音がして、直樹は振り返った。

ゆっくりと開いた引き戸の隙間から出て来たのは大佐田で、どこも汚れてもいないだろうに何度か上着の前を手で払ったあと、ちょっぴり寂しげに微笑みかけながら直樹の前を過ぎて、北原の隣に立った。

「決まりましたよ」

北原は何も答えなかった。一度軽く大佐田に向けた顔をすぐ正面に戻して、ぷわと白い煙を吐いた。

「北原さんにはわかっていたんですね」

「いいのか。俺と立ち話なんかして」

「ええ。もう終わりましたから」

「そうか」

北原は袋状になっている携帯式の灰皿にタバコを入れて蓋を閉め、外から指先でぎゅうっと強く押し潰す。

「それじゃ、戻ろうか」そう言って振り返ると、直樹の顔を覗き込んだ。

「みんな同じなんだよ」


部屋の中では藤木と兄夫婦が静かに座っていた。座卓の上の鞄は、ほんの少しだけ三人の側に移動している。

大佐田はずいぶん反対したようだったが、兄夫婦に言いくるめられた藤木は、結局書類に署名をして見舞金を受け取ったのだった。


直樹の元に藤木からメールが届いたのは、それから二カ月近くが経ってのことだった。

「ご相談があります。困ったことが起きました」

とだけ書かれた文面を見せられた北原は

「会ってきたらいいじゃん」と呑気に言う。

「いったい何ごとなんでしょう」

「行けばわかるさ。いろいろとね」そう言って北原はニヤリと笑った。顔の細い隙間から覗く目は、相変わらずヒンヤリとしている。

照りつける午後の日差しはまだ厳しいものの、微かに色のついた光はそろそろ夏が終わる気配を見せていた。

あの日と同じ坂道を下ったところで、直樹は目を丸くした。

白い軽トラックのあった場所に、真っ赤なスポーツカーが駐められていた。滅多に見かけることのない輸入車の真新しい車体は光を跳ね返して眩しく輝いている。雨で泥濘んでいた地面はしっかりとコンクリートで舗装され、屋根までつけられていた。

「あのスポーツカー、買われたんですか」

部屋に上がって簡単な挨拶をしたあと、直樹は尋ねた。

「あ、やっぱり目立っちゃうよね、あれ」

そう言う藤木の顔からは、いつかの驚いたような表情が消えている。ずんぐりした顔は変わらないが、薄っすらと太々しさが浮かんでいるようだった。口調もどこか横柄になっている。

直樹はそっと藤木から視線を外して部屋の中を眺めた。あれほど高く積み上がっていた荷物はずいぶんと減って、いくつかの家具が新しくなっていた。箪笥のすぐ脇には、あの黒い鞄が蓋を開けたまま転がっている。

直樹はきゅっと目を細めたが、さすがに鞄の中までは見えなかった。

「それでねえ」

どうやら藤木は酔っているようだった。座卓に代わって置かれたダイニングテーブルには、高級そうなウイスキーのボトルが乗っている。つまみにしたのだろうか、白い小皿には芋けんぴが一本だけ残されていた。表面を覆う砂糖が鈍く光を跳ね返している。

「これなんだけど」

テーブルの端に乗っている赤い金属製の小箱を手元に引き寄せた。箱にはスポーツカーのメーカーと同じロゴマークがついている。車のオプション品なのだろう。

藤木が指先に軽く力を入れると、カツンと心地良い音を立てて、箱の蓋が勢いよく開く。

直樹は首を伸ばして箱を覗き込んだ。中に十本ほどのリベットが無造作に転がっている。

「あのう、これって」

「車をいじったときの余りなんだけどさ」

藤木は照れ臭そうに窓の外を指差し、肩を竦めた。

「で、机の上にあった佳恵をうっかり入れたら、どれだかわからなくなっちゃって」

「だって奥さんでしょ。どうして分けておかないんですか」

「ちょっと酔ってたんだな」

頬を片手でペチリと叩く。

「本当にここに入れたんですか」

「それもわかんないんだよ。まあ、他に見当たらないからたぶんこの中だと思うんだけど」

「それで私にどうしろと」

「どれが佳恵か見分ける方法はないかなと思って」

「そんなの私にはわかりませんよ」

「そうかあ。そうだよなあ」藤木は頭の後ろで手を組み、体を大きく外らせた。

直樹には、なぜか藤木があまり本気で佳恵を見つけようとしていないように感じられた。面倒くさい。どれでもいいから誰かに決めてもらえればそれでいい。そう思っているような印象さえ受ける。

直樹はもう一度小箱の中を覗き込んだ。

「何か特徴を覚えていませんか」

「特徴なんてないだろう。リベットなんだから」

藤木は小皿に残っていた芋けんぴをひょいと指でつまみ、そのまま口に放り込んだ。

ふん。思わず直樹の鼻から息が漏れる。

「あ、いや、なんでもありません」

怪訝そうな顔をした藤木に、直樹は慌てて首を振った。

駅前のモニュメント。シャッターの落書き。そして、スポーツカー。

「みんな同じなんだよ」北原の言葉がふと頭に浮かぶ。

けれども、幅も長さも全く同じように見えるリベットだって、一本一本をよく調べれば、磨かれ方や傷のつき方は微妙に違っていることに気づくだろう。

直樹はもう一度、黒い鞄に目をやった。

なんとしても佳恵を見分けてやりたいと思った。

「呼び掛けてみましょうか」

「え？」

「三歳児程度の知能はあるんですから、呼び掛ければわかるはずですよね」

「あ、そうかも」

藤木は何かに慌てたような様子で何度も頷いた。

「佳恵さん」

箱の中のリベットに向かって直樹が声をかける。

「おーい、佳恵」藤木も声を出す。

小箱の中のリベットは蓋を開けたときのままで、呼び掛けに反応することはなかった。

「佳恵さん」

「佳恵」

それでも二人は小箱に向かって名前を呼び続けた。

なぜか部屋の中にカレーの匂いが漂ってくる。

晩夏の湿気をたっぷりと含んだ風が、裏山からツクツクボウシの鳴き声を運んでいた。

どん兵衛四天王　　by ちえむ

どん兵衛は、お湯を入れて5分でできあがり。

東国の櫟

高島　泰

　雨が、降り続いている。天に垂れ込めた雲から落ちてくる滴が紙に滲みを作る。李斉賢（りせいけん）はその滲みを見て、滲は惨に通ずる、そんなことをぼんやりと考えていた。

　夏の日である。至正壬午、としたためた墨が雨の飛沫を受けて広がる。至正という紀年こそ、大元皇帝の暦だ。そもそも、大唐の正朔を奉じて以来、高麗には元号がない。それでも李斉賢は今年が高麗王の三年であることを心の中に留める。

　蒙古（モンゴル）が長城を越えてからというもの、朝鮮半島の地はあらゆる苦難を引き受けてきた。

成吉思汗（チンギスカアン）の軍が炎のごとく大陸を進んでいる時も、高麗はそれを静観していた。かつての遼、金のように北方の民族が打ち立てた国に形式的に服属することはあっても、三韓の地は彼ら自身の主君を戴く独立国であった。

　だが、高麗高宗五年、契丹の残党十万の勢が群盗と化して国土を侵犯したとき、蒙古の軍と同盟を結びこれを挟撃した、思えばこれが全ての始まりであった。

　蒙古は兵の駐屯を口実に徐々に高麗への圧力を強めた。追い詰められた朝廷は開京を捨て江華島へ遷都し、二十八年もの間抵抗を続けた。

しかし六度に渡って高麗へ侵攻した蒙古軍の馬蹄の下に国土は蹂躙された。壮丁（そうてい）は死に、子女は奴婢として連れ去られ、都邑（とゆう）は灰燼に帰した。ついに高宗はのちの元宗となる太子を人質として蒙古に送り、やむなく講和することとなったのである。

やがて高麗にとって驚天動地の事態が出来する。蒙古が宋を滅ぼし、国号を大元と定めたのである。史上初めて北方民族が打ち立てた中華帝国が誕生したのであった。

燕京から大都と改称された帝都で、元宗はその太子、のちの忠烈王を元の世祖クビライの娘、クトゥルク＝ケルミシュの婿とし、高麗は元の駙馬国となった。駙馬とは、皇帝の娘婿のことである。

これにより高麗王は「宗」や「祖」を諡号できなくなった。王は自らを「朕」とは呼べず、「孤」と呼び、陛下ではなく「殿下」、世継ぎは太子ではなく「世子」と呼ぶようになった。

支配者の姻戚となって命脈を保っても、宗主国のさらなる苛烈誅求に高麗王国は呻吟することになる。

世祖クビライが、日本征伐を号令したからである。日本を攻めるにあたって、朝鮮半島は文字通りの橋頭堡である。高麗は軍船の製造と兵站を一手に担わされ、人民は労苦にあえいだ。

李斉賢は、二度の日本征伐が失敗したしばらく後の至元二十四年、高麗の忠烈王十三年に慶州に生まれた。父李瑱は検校政丞臨海君に封ぜられた国家の重鎮である。幼い頃より学問に秀で、十五歳にして成均試に壮元で及第し、忠烈王三十四年には撰ばれて藝文春秋館に入った。

そこで李斉賢は朱熹の理学と出会う。儒をその礎としながら、朱熹は「性即理」を説いた。

「性」とは心が静かな状態である。「性」が動くと「情」になり、さらに心が騒ぐままに情を動かせば「欲」となる。たえず情を抑制し性に立ち返ることを「修己」と呼んで実践する、これが理学である。

性即理とは性にのみ万物の「理」をみとめることであり、つねに敬の姿勢をもって理を窮めて世界を見る「居敬窮理」の心構えであると李斉賢は学んだ。

李斉賢は詩を詠まんとするときも、父を継いで国家の僕となる将来を思うときも、かたときも朱子の修己を忘れたことはなかった。

李斉賢は思う。国のかたちとはなんであるか。人の理が「性」であるように、国にも理があり「性」がある。それはなんなのか。人がいる。習俗があり、ことばがある。山河があり、土がある。そのひとつひとつにこの三韓の地の「理」があるはずである。いま、国破れ、大国の前に膝を屈しようとも、その理はいまだ、ここにある。

李斉賢は系譜を辿る。自分は新羅の始祖、奕居世を補佐した李謁平の子孫である。父である李瑱も当然のように王を補け、民を護る務めに生涯を送っている。この国家そのものが自らの肉体と同一でなくてはならない。そのために自分は「理」の人でなくてはならない。

だが、その自己の肉体そのものである国家は、いまどのように傷ついているか。二度の日本遠征によって苦役を強いられた民と、底をついた国庫だけではない。

元は年々、その朝貢の課を増やしてくる。金、銀、布、人参、半島に生息する鷹である海東青、さらには毎年数千人におよぶ処女たちを要求した。そのために結婚都監という役所までおかれ、役人は所管の各戸に女児があれば、十二歳になると検分し、容姿の優れたものを大都に送り届けるのであった。これを恐れた庶人の間では、十歳にして娘を他家に嫁がせる風習すらできた。

庶人の家だけではない。高麗王の世子は元帝の孫として生まれ、蒙古名を与えられる。それればかりではなく、死後も高麗王は元によって忠の字をもって諡されれた。先の王は忠烈王と諡号を受けることとなる。本来、「忠」は臣下の徳目であって、一国の王が忠義を尽くす相手はいない。だが、高麗王は死してなお元朝に尽くす名を下賜されるのである。

その忠烈王と世祖クビライの娘、クトゥルク＝ケルミシュの間に生まれたのが忠宣王である。忠宣王はイジルブカと蒙古名を付けられ、大都で育った。祖父クビライの寵愛を受け、宋の遺臣である文人たちに学問を学び、蒙古語、朝鮮語、漢語を話す彼は、彼にとって甥にあたり、のちに元の仁宗となる十歳年下の皇族アユルバルワダと親しく誼を結んだ。

忠宣王は父に王位を譲られ即位し高麗へと戻ったが、蒙古人の正室ボダシュリと高麗人の側室の揉め事という、いわば家庭内でも元と高麗のはざまに立つことになり、退位して大都へ帰還する。

その後、忠烈王が死去し、忠宣王は高麗王として復位することとなった。しかし、自らは大都にとどまり続け、政務は使者の往来をもって済ませた。

高麗の王が、高麗にいないまま王なのである。帰国の声が高まると、忠宣王はあっさりと位を世子の忠粛王に譲り、ついには高麗へ戻ることがなかった。

李斉賢が退位した上王・忠宣王に召されて大都へ向かったのは、二十八歳の春のことであった。

前年、忠粛王の即位に当たり忠宣王が帰国した時、その宴席で忠宣王は秀才と噂に聞く李斉賢に話しかけた。

「今夜はめでたい限りだ。卿は、王安石のこの詩を知っているか」

双鳳雲間扶箄下
六鰲海上駕山来

「臣李仲思、畏れながら上王殿下に申し上げます。今宵はまるでかつての我が国の文順公、李奎報が吟じたごとくと」

三呼万歳神山湧
一熟千年海果来

その詩は李奎報が高麗王を称えたもので、宋の王安石の詩句を踏まえ書かれたものであった。忠宣王は驚き、仲思よ、と李斉賢を字で呼んだ。

「大都広しと言えど、卿のような英才にはなかなか出会わぬ。いま、余は大都に万巻を集めた邸を建てようとしている。余の屋敷にそれに見合う人物がいなければ、余の恥となろう」

そうして元に還った忠宣王は、一年後、大都に李斉賢を呼び寄せたのである。

二十八歳の青年李斉賢は舞い上がった。元の士人大夫と肩を並べる自己を思うと、いてもたってもいられなかったのである。

開京を出て、西海道を進み、慈悲嶺を越え、いまは元の地となっている双城総管府を過ぎる。その間、荒れ果てた民の家も、廃墟となった副都・西京の城址も、駐屯する元の兵団も、その目は捉えてはいるが、心には入ってこない。胸の内はただ、馳参する己が奉る詩句のことばかりである。

やがて、一月余りの旅程を経て李斉賢は大都へ入った。路が、楼が、何もかもが、開京と比べ物にならない。見たこともない巨大さがそこにあった。舞い上がっていた李斉賢は、このとき初めて吾に返った。

この巨大さが天というものの「性」で、その「理」のなかに、その「理」が作り得る片隅に、高麗がある。だが、片隅であろうが、それは「理」を成す「性」の一部である。

忠宣王は瀋王に封ぜられ、ケシクと呼ばれる皇帝の宿衛の一員として、その邸宅は皇宮から指呼の間に聳えていた。若き頃より共に育ったという皇帝仁宗の信頼がみてとれる。

李斉賢が本拠と定められた堂は、六芸七経はもとより、あらゆる仏典、唐に至るまでの正史、稗史まで網羅し収められている壮大なものであった。

忠宣王はこれを『済美基徳』と名付け、みずから扁額に書していたが、大都の人々は口を揃えてそれを『万巻堂』と呼んでいた。

李斉賢はそこで翰林侍読学士・元明善、太常博士の虞集、集賢侍読学士・趙孟頫ら、漢族の学者、文人たちと巻を紐解き、史に註をほどこし、詩歌を作った。

李斉賢は忠宣王に伴われ、幾度となく仁宗に拝謁した。否、この退位した高麗の王はつねに大都にあって、中華すべてを統べる十歳年下の皇帝のところへ、まるで弟に会いに行くように訪問するのである。

「皇叔どのはよほど才子を愛すると見える」

仁宗は忠宣王をそう呼び、常に上機嫌で李斉賢を迎えいれた。皇帝というより学者のような風貌と物腰を湛えるこの大カアンは、李斉賢を引見するたび漢籍について尋ねるのであった。仁宗を前にすると、苛烈誅求を高麗に課す宗主など、どこにもいないのではないかと李斉賢には思えた。

華やかな歳月であった。五年の間、李斉賢は研究に没頭し、元の宮廷に出入りした。しかし、高麗にいない己に、どこか後ろめたい気持が湧き上がってくる。自分は高麗の民とともにあって、国という家の支柱となるべく生きる、それが己の「理」ではないのか。

ある時、李斉賢は忠宣王に問うた。

「上王は、王であられた時も大都におわしました。また今も大都におわします。なにゆえ、高麗の民のそばに寄り添ってあげぬのですか」

五年も同じ堂で顔を合わせ、書を読み論を交わす仲とはいえ、この天干地支にして一回り上の上王に対して不遜なまでの問いに、忠宣王は笑って答えた。

「仲思よ、卿は余とカアンの仲を見てきたであろう」

忠宣王が陛下とも皇帝とも呼ばないがゆえに、李斉賢は居住まいを正した。

「余は、ここに留まり、ケシクとしてカアンの宿衛にいることが、遠く離れた高麗の民を安らぐことになると信じておるのだ。仲思よ、卿はここに至るまでの道で、荒れ果てた高麗の地と民の苦しみを見なかったのか」

李斉賢はこのとき初めて忠宣王の苦悩を知った。大都に我が身を縛り、政治への野心をあらわさず、学究の徒としての姿を見せることのみが、高麗の民を慰撫する道なのだ。朱子も「臣子は身を愛して自ら佚するの理なし」と言う。忠宣王は、自らの身を牢に入れて高麗を守っているのだ。

「余の身には、蒙古の血が流れている。しかし高麗の血も、同じように流れている。余がここを動かぬ限り、三韓の地が兵馬に踏み敷かれることはない」

李斉賢は泣いていた。上王は、理を窮めて世界を見ているのだ。

「ならば臣は、どこまでもお供いたします」

己の理は忠宣王と共にある、李斉賢はそう確信したのである。

翌年、高麗より科挙の試験官となる命が下され、李斉賢は大都から開京へ戻ることとなる。

「卿は余の目であり、口である。科挙にあたって圧巻を撰び、祖国の礎石となる者を見つけよ」

「臣は必ずやまた殿下のもとへ参じます」

六年前、来た道を李斉賢は逆に辿った。元の領内から高麗に入ると、様相は一変する。石畳はなく、車輪が泥濘に埋まる。貧しい村落には崩れたままの築地が続き、田畑には米も麦もなく、領民は雑穀で命をつないでいる。

華やかな大都で過ごした歳月が、胸を締め付ける。六年前大都へ上るとき、自分はこれらの姿を見ていなかった。見ようとしていなかった。ただ、開京の王宮から大都の皇宮へと、はやる気持ちに任せ車を急がせていただけであった。

西海道から京師に至る途上、李斉賢は江華島を通り、陸と島を隔てる海を見た。九十年前、蒙古軍が開京を陥落せしめたとき、晋陽公・崔怡が都を開京から江華島に遷すことを主張した。

「国家を滅さぬためには、海を渡り玉体を護持するしかない」

群臣が従い、我先に海を渡ろうとしていたそのとき、文安公・兪升旦はただ一人反対した。

「たしかに、いかに陸と近くとも、蒙古は海を渡ることができないであろう。彼らは船を持たず、馬を離れては戦うことができない。だが、我々が城郭を捨て、宗廟社稷をないがしろにして、島に逃げ潜んで歳月を過ごす間、何が起こるであろうか。国の隅々までが壊され、若者は殺され、子供は奴婢とされ、女たちは娼とされるであろう。それで我々がここに王を戴いていても、それは国家と言えるのか」

崔怡は激して言った。

「開京にて我々が手に縄を結び、首に輪をかけて蒙古を迎え入れても、同じことが起こるであろう。俞升旦、貴公こそ、国家の社稷をなんと心得る」

「小国が大国に仕えるのは道理である。礼儀を尽くして仕え、信義をもって交われば、蒙古も我が国を苦しめ続けることがあるだろうか」

「蒙古は、大国ではない。大唐でも、大宋でもない。ただ馬に乗り攻め来たる北狄に過ぎない」

王は俞升旦の弁を退け、崔怡の策を容れた。開京は捨てられ、江華島に江都が建設されたのである。

いま、陸より江華島を望んで、そのあまりの近さに李斉賢は愕然とする。

強者が侵略してきたとき、国を明け渡すか、抗うか。李斉賢は今でもそのどちらが正しかったのかわからない。強国に対して怯まず戦った国だけが講和する権利を持つ。それは歴史が証明するところである。大軍が来寇して、為すところなく城を開ければ、たしかに血は流れはしない。だが、戦わなかった、というその一点において国は永劫に蔑まれ、民は末代まで侮られるであろう。

高麗は、戦ったからこそ目されるべき面を保ち、独り立つ地を失わないでいる。しかし兪升旦が言った通り、高麗の州や街はことごとく廃墟となった。その時、家を失い、血を流したのは江華島に籠もった王や貴族たちであったか。

李斉賢は、高麗の「理」について考えを巡らせたまま、開京であらたなる官途に就いた。科挙の試験官は重責ではあるが、荒れ果てた国土を立て直すには、国家の柱となる優れた官吏を登用するほかない。

自分はこの任について、杉や檜のような若者を見つけ出す責務があるが、自分は櫟（れき）のような木でありたい、そう李斉賢は思った。櫟は「楽」という字を含む。櫟（くぬぎ）は材木としては役に立たない。己は国家の柱としては役に立たないが、五年の間、学問に費やした日々は「楽」であり、「楽」の心構えでなければ切り拓けぬこともある。「楽」とは身も心も安らかで静かなことであり、「情」の心が騒いで「情」が「欲」に変わることを防ぐ。

そして、この務めを果たし終えた時は、再び忠宣王、そして仁宗のそばで学究の徒として仕えたい、そう願った。

しかしある日、それは起こった。三十六歳にして仁宗が崩御し、皇太子シデバラがわずか十八歳で即位したのである。さらに耳を疑う報が届いた。英宗シデバラに讒言するものがあり、忠宣王は捕らえられて吐蕃（チベット）へと流されたというのである。

李斉賢は、目の前がにわかに昏くなるのを感じた。新帝が立てば、先帝に近しいものが任を解かれ遠ざけられるのは世の慣いではあろう。しかし高麗王位も濬王位もすでに退いた忠宣王を、大都から離れること五千里といわれる吐蕃へ配流する必然があろうか。英宗はまだ十代である。君側の奸の策動であろう、李斉賢は確信した。

李斉賢は官職に遑を願い、大都へと進発した。ひとえに、忠宣王の非なきを訴え、赦免を願うためである。しかし使者としての格式はなにも持たない。

大都に向かう途上、李斉賢はさらに驚くべき報を聞く。先んじて大都に向かった高麗の僉議政丞・柳清臣が元への併合の申し出をしたというのだ。新帝が立ち、忠宣王が大都にいなくなればすぐさま国を売り渡そうとする者がいる、李斉賢の怒髪は天を衝いた。いや、これは国を想うばかりの己の「情」ではないか。心が騒ぐままに情を動かせば「欲」となる。かならずや「理」に諮って元を説き伏せねばならない。李斉賢は「修己」の心を思い出し、歯を食いしばりながら道を急いだ。

ひと月を費やし大都に着くと、李斉賢は忠宣王の邸へと走ったが、そこにはなにもなく、更地が広がるのみであった。復び学びを究めるはずの万巻堂も、もはやない。ただ皇宮の甍がその向こうに聳え立つのみである。

李斉賢は万巻堂で議論を交わした元臣である通事舎人・王観のもとを訪ねた。

「王観殿、私は高麗のなんの節度も持たず、皇帝陛下に御目通り願うことも、上書する資格もありません。ただ、迅る気持ちのままここへ駆けてきました」

「仲思殿、私も高麗を元の内地とすることには理がないと思う。我々は共に朱子の理を学んだ。いまは柳清臣を憎むが如き情ではなく、理を以って訴えるのです。まずは上書しましょう」

李斉賢と王観は「在大都上中書都堂書」と題した書を元の丞相バイジュに奉じた。意外なことにバイジュからは、書状は読んだ、柳清臣と共に陛下の前で申し開きせよと下知があった。

かつて仁宗アユルバルワダがそこにいて、何度も向かい合った玉座に、十八歳の英宗シデバラが座っていた。その色の白さと、聡明な顔立ちは父である仁宗に似ている、李斉賢は思った。

皇帝の前に丞相バイジュ、右に柳清臣とこれも高麗の高官である呉潜が立ち、左に王観と李斉賢が立つ形となった。

これが柳清臣か。柳清臣は代々部曲の吏であった。低い身分であったが、若い頃より蒙古語をひたすらに習得し、何度も元に使者として遣わされるようになった。その功で忠烈王に密直監察大夫に取り立てられ、忠宣王からは高興府院君に封ぜられていた。しかし、元に朝貢する高麗の方物を掠め私財を成しているという噂が絶えない。

その柳清臣がはじめに口を開いた。

「いま、上王である忠宣王は先帝仁宗陛下の覚えめでたきに乗じ、王であったにも関わらず高麗に足を運ばず、専横の振る舞いにより吐蕃へ流罪となりました。まさに国また今上の忠粛王は盲目と聾唖のため政務が執れない状態であります。まさに国は乱れております。三韓はいまこそ皇帝陛下の威光を仰ぎ、大元の行省として身を立てんと希うものであります」

李斉賢は怒りに震えた。忠粛王は盲でも聾でもない。真に国を脅かすものは他国のものではない。いま目の前に並ぶ彼らのような売国奴である。思えば元に服属したときも、祖国である高麗に対して激しく憎悪を燃やし圧政を加えたのは洪福源、洪茶丘、洪重喜の三代に渡る高麗人の元臣であった。

「柳清臣、貴公は姦臣伝に名を残すであろう」

「李仲思よ、使節でもない者がどうしてこの場にいる。卿は高麗の官としての御身が惜しいのであろう」

「何を言うか。朱子は謂う。事を論じては祇だ当に其の理の是非を言うべし。其の事の利害を計る当からず、と。臣は、ただ高麗の国が国である理を述べにきたのだ」

「ならば、卿が忠義を尽くすという王はどこにいた？王はここ大都に留まり、高麗の地を踏むこともなく使を寄越し、高麗の男たちが船を造り、女たちが大都へ嫁ぐ姿を御覧じたことがあるか？そのとき御身はなにをしていた？上王とここで書に耽り、詩歌を吟じていたのではないか？」

丞相バイジュの一喝が響き渡った。

「陛下の御前である。両者とも慎め」

王観が口を開いた。

「陛下に謹んで申し上げます。道理を考えず後々災いになった事は枚挙にいとまがありません。故に智者は深く懼れ凡人は単簡に考えます。

いま、ここにいる高麗の臣、柳清臣と呉潜が高麗を併合すべく上申しましたが、これには大元に害をもたらす六つの不可がございます。

不可の一。高麗はすでに百年以上従順で、世祖皇帝はその娘を高麗王の妻とし寵遇し、藩屏としました。ゆえに東方に兵乱は起こらぬのです。それを今、一朝にして無思慮な意見を採用しては世祖の深謀遠慮に背くものです。

不可の二。高麗はわが国から数千里離れ、風土も習俗も異なり法律も異なります。これを今、元の法で治めるなら齟齬を来たし多くの弊害を生むでしょう。

不可の三。三韓の地は民少なく、みな山際や海沿いに散居し豊かな平野はありません。今、元の戸籍を作り税を取り立てるなら、必ず混乱が起こり住民は逃げるでしょう。

不可の四。今、高麗の地に大小の官吏を派遣すれば、その月俸と経費は毎年一万錠以上になります。わが国に税が送られないだけでなくわが国から俸給を送らなければなりません。何の利益にもならないばかりか多大な国費を消耗します。

不可の五。行省は兵により鎮守せねばなりませんが、わが国では屯住させる兵の軍額が定められており、高麗に大軍を駐屯させた場合、その国費はどこから出せば良いのでしょうか。

不可の六。いにしえより大事は広く意見を聞くものです。私の聞いた所では立省を献策した二人は高麗の重臣で、待遇が不服で主君を怨んでいます。自国を転覆して怨みを晴らそうとしたもので、わが大元国を思って献策したのではないでしょう。主君を売ろうとする二人に騙されて奸計に嵌るなどあってはなりません。

臣の僭越なる意見をお聞き入れいただければ処罰されても構いません。皇帝陛下には再考いただけますことを願います」

英宗は王観の顔をまっすぐ見ながら聞いていた。十八歳とは思えぬ確かな聡明さがそこにあった。英宗は李斉賢のほうに向き直って言った。

「王観の申し状、いちいち尤もであるが、朕の耳には損か得かの話に聞こえる。卿はさきほど、事の利害を計る当からず、と言った。考えを述べてみよ」

李斉賢は己の声が震えるのを感じた。あれほど父帝とこの場で会話を交わした自分が、いま若き皇帝の前で言葉を喉につまらせている。

「臣は、その大小に関わらず、国と国とは五分であるはずだと信じます」

「本朝と高麗が五分と申すか」

「新羅、百済、高句麗の三韓の地は、高麗太祖の建国以来四百年を数えます。この地にはこの地の言葉があり、習俗があり、民は合い争わず、その『性』は失われることがありません。これはひとえに高麗が国である『理』であります。元朝開闢して百年、天の理を得た聖上が天下を治むるといえども、皇帝は東方の片隅の理をお認めになり、詔旨を出され、旧俗を改めずに宗社を保つことが許されております。歴代皇帝の聖旨はそれを踏まえ、いま『天下に君臣有り民社有るはただ三韓のみ』と言われるまでとなりました。大国に大国の成る理あり、小国が小国として在るにも理がある。それを何よりも知っておられるのは陛下ではありませんか」

「よかろう。続けよ」

涙が、言葉と共に溢れ出てくる。李斉賢は息を整え声を絞り出した。

「臣は、臣は……ここに至るまで幾度も高麗の民の暮らしをこの目で見ました。私は死しても民を護り、朽ちても我が王を補けます。聖上陛下、いまこの理を見失えば、高麗四百年の業、これがために廃絶せんと存じます」

国と国、その五分を懸けて李斉賢は説いた。

「人身を以て之を言へば則ち気を神と為して精を鬼と為す、と朱子も述べていた。李仲思よ、卿の気と精は伝わった」

英宗は柳清臣と呉潜の罪を問うものではないとしてこれを下がらせ、李斉賢に言った。

「父が卿に講釈を受けたという『貞観政要』について、朕も聞かせてもらいたいものだ。万巻堂の書は、すべてここにある。あと、ひとつ」

「はい」

「卿の上王はいま、吐蕃の薩迦(サキャ)にある。訪ねて行くが良い。丞相が計らう」

五千里の果てに、忠宣王はいる。

雲の峰のように見えたのは、岩であった。雪が山とは思えぬ高さに見え、それは行けども行けども近づかなかった。

あれが喜馬拉雅（ヒマラヤ）か、と李斉賢は思った。あの雪山の向こうにはかつて玄奘三蔵が至った天竺と呼ばれた地がある。太祖成吉思汗の騎馬部隊をもってしても、あの山脈を越えて長征することはかなわなかった。元が風濤険阻にして侵すことのできなかったのはまた、日本である。

李斉賢は思う。高峰や波浪という天佑のない高麗はただ、理によって国を樹つるの他はない。

忠宣王は、なにもない平原にいた。満天の星空の下、篝火の中に十数架の包が並んでいる。蒙古がゲルと呼ぶあの中に上王がいる。李斉賢は三ヶ月の旅を忘れるように馬を奔らせる。

「仲思よ」

わずかな従者を伴うだけの忠宣王は、まるで昨日も会っていたように李斉賢を迎えた。

声を上げて泣く李斉賢に、流離の旧王は水牛の乳で煮出した茶を勧める。

「大都にあるときは大都で、この薩迦にあるときは薩迦で、余は高麗の理を護っているのだ」

「臣は必ずや殿下を大都にお連れ戻します」

「あの喜馬拉雅を見よ。あの星を見よ」

忠宣王は言った。

「無極にして太極ありとはただ形なく而(しか)も理あるをいう。無極なれば形なく太極なれば理あり、という朱子の言葉が、いま余にはわかる。余は、どこにいても高麗なのだ」

李斉賢は、闇の果て、星明かりに光る雪山を見上げた。

翌年、英宗は弑逆され泰定帝がカアンとなった。忠宣王は赦され大都に帰還したがその二年後に薨じた。

柳清臣と呉潜はその後も高麗を元の行省にすべく工作するが、そのたびに退けられた。

雨が、降り続いている。

李斉賢のしたためた墨が、飛沫を受けて紙の上に広がっていく。押印した朱もまた、滲んでいく。あれから幾度か元は高麗を版図に収めようとしたが、李斉賢はもう高麗の理を説く必要を感じなかった。元の国としての理が、尽きようとしていたからである。

疫病が広がっていた。人から人へ伝染し、大都の人口は半数になり、西へ西へ進んだ。全身が黒い斑点に覆われ死に至るそれは、黒死病と呼ばれた。病で家族を喪い、食糧も尽きた漢族の農民は、暴徒と化し元の軍を破りその物資を奪った。彼らは紅巾党と名乗った。

機を見た恭愍王は元と断交、李成桂を将軍に任命して蒙古侵入以前の高麗の領域を奪回し、元の年号を廃した。

李斉賢は忠烈王、忠宣王、忠粛王、忠恵王、忠穆王、忠定王、恭愍王と七代の王に仕え、自ら櫟翁と名乗った。

恭愍王十六年、李斉賢は没した。享年八十。諡号は文忠。

朱元璋が即位して国号を大明とし、元が滅亡したのは李斉賢の死の翌年であった。

著者一覧—参加同人または異人（50音順・敬称略）—

浅生　鴨（あそう　かも）
一九七一年、神戸生まれ。
『異人と同人』シリーズ編集人。たいていのことは苦手。

今泉力哉（いまいずみ　りきや）
映画監督。一九八一年、福島県生まれ。
二〇一〇年『たまの映画』で映画監督デビュー。二作目の『終わってる』から一貫して恋愛映画をつくり続ける。代表作に『こっぴどい猫』『サッドティー』『退屈な日々にさようならを』『愛がなんだ』など。二〇二〇年、『ｍｅｌｌｏｗ』『ｈｉｓ』『街の上で』を公開。『街の上で』をつくれたことで少しだけ満足してしまっている。

岡本真帆（おかもと　まほ）
一九八九年生まれ。短歌をつくっています。

小野美由紀（おの　みゆき）

一九八五年東京生まれ。

著書に銭湯を舞台にした青春小説「メゾン刻の湯」（ポプラ社）「人生に疲れたらスペイン巡礼」（光文社）「傷口から人生。メンヘラが就活して失敗したら生きるのが面白くなった」（幻冬舎文庫）絵本「ひかりのりゅう」（絵本塾出版）など。

二〇二〇年四月に刊行された〝女性がセックス後に男性を食べないと妊娠できない世界になったら？〟を描いた恋愛ＳＦ小説『ピュア』は、早川書房のｎｏｔｅに全文掲載されるや否やＳＮＳで話題を呼び二十万ＰＶ超を獲得した。

ウェブメディア・紙媒体の両方で精力的に執筆を続けながら、ＳＦプロトタイパーとしてＷＩＲＥＤの主催する「Ｓｃｉ－Ｆｉプロトタイピング研究所」の事業にも参加している。オンラインサロン「書く私を育てるクリエイティブ・ライティングスクール」を主催。

河野虎太郎（こうの　こたろう）

放送作家。

人が喋る言葉を書く仕事を二十年余。テレビのニュース・情報番組やラジオの音楽番組などを担当。ラジオ番組では喋る係も営むなど、放送が関わる物事に節操なく関与。放送史の研究、関連書籍の執筆も。最近手がけた本は『必聴ラジオ２０２１』（三才ブックス）。今回、気の迷いからか初めて小説を書いてしまう。

古賀史健（こが　ふみたけ）

一九七三年、福岡県生まれ。ライター、株式会社バトンズ代表。『取材・執筆・推敲』『嫌われる勇気』『幸せになる勇気』（共著・岸見一郎）、『20歳の自分に受けさせたい文章講義』ほか著書多数。二〇一四年「ビジネス書大賞・審査員特別賞」受賞。構成に幡野広志さんの思いをまとめた『ぼくたちが選べなかったことを、選びなおすために。』（ポプラ社）など。

ゴトウマサフミ

熊本在住。漫画家&イラストレーター。Eテレアニメ「くつだる。」原作担当。「ほぼ日」のイヌネコアプリ「ドコノコ」にてマンガ「ドコノコノコノコト」連載中。

今野良介（こんの　りょうすけ）

一九八四年、東京生まれ。編集者。担当作に『会って、話すこと。』『読みたいことを、書けばいい。』『お金のむこうに人がいる』『会計の地図』『最新医学で一番正しいアトピーの治し方』『子どもが幸せになることば』（すべてダイヤモンド社）など。二女の父。好きな歌手はａｉｋｏ。

スイスイ
一九八五年生まれ。エッセイスト。
コピーライターなどを経て、cakesコンテストをきっかけにデビュー。著書に『すべての女子はメンヘラである』（飛鳥新社）。とにかく元彼が好き。

高橋久美子（たかはし　くみこ）
作家・詩人・作詞家。一九八二年、愛媛県生まれ。
音楽活動を経て文筆家に。主な著書に、小説集『ぐるり』（筑摩書房）、エッセイ集『旅を栖とす』（KADOKAWA）、『いっぴき』（筑摩書房）、詩画集『今夜 凶暴だから わたし』（ちいさいミシマ社）、絵本『あしたが きらいな うさぎ』（マイクロマガジン社）など。アーティストへの歌詞提供も多数。
公式HP「んふふのふ」。

高島　泰（たかしま　たい）　【田中泰延（たなか　ひろのぶ）】
一九六九年、大阪生まれ。
ライター、コピーライター、青年失業家、写真者として多忙な日々を送る。レンズメーカーSIGMAのウェブマガジンSEINにて「フォトヒロノブ」連載中。著書に『読みたいことを、書けばいい。』『会って、話すこと。』（ダイヤモンド社）

ちえむ
兵庫県在住。在宅仕事しながらイラスト、漫画を描く兼業漫画家。
コミチにて「スパダリにゃんこ」連載中。二〇二一年六月Ｋｉｎｄｌｅ発刊『ツナとガリ』に寄稿。

永田泰大（ながた　やすひろ）
一九六八年生まれ。ほぼ日刊イトイ新聞乗組員。
さまざまなコンテンツを制作。イベントの企画や書籍制作も手がける。
最近手がけた書籍は『岩田さん　岩田聡はこんなことを話していた。』（ほぼ日）

野口桃花（のぐち　ももか）
高知生まれ。普通のＯＬ。
旅行と美味しい物が好き。くだもの狩りで苺百個食べた女。怪獣飼育中。

幡野広志（はたの　ひろし）
一九八三年、東京生まれ。
二〇〇四年、日本写真芸術専門学校中退。二〇一〇年から広告写真家・高崎勉氏に師事。二〇一一

年、独立し結婚する。二〇一六年に長男が誕生。二〇一七年、多発性骨髄腫を発病し、現在に至る。著書に『ぼくが子どものころ、ほしかった親になる。』（ＰＨＰ研究所）、『写真集』（ほぼ日）、『ぼくたちが選べなかったことを、選びなおすために。』（ポプラ社）、『なんで僕に聞くんだろう。』『他人の悩みはひとごと、自分の悩みはおおごと。#なんで僕に聞くんだろう。』（幻冬舎）

山下　哲（やました　さとし）
一九六二年生まれ。
ウェブサイト「ほぼ日刊イトイ新聞」企画・編集。学生時代より演劇を続けながら、フリーライターとして約二十年活動。雑誌などで膨大な数のクロスワードパズルを作成し、生活の糧としていた。四十四歳で東京糸井重里事務所（現・株式会社ほぼ日）に初就職。現在に至る。

山田英季（やまだ　ひですえ）　http://andrecipe.tokyo/
一九八二年生まれ。料理家。
ＰＯＬＡのオウンドメディア『ＭＩＲＡＩＢＩ』にて「旅する料理人とおいしい話」連載中。著書に『にんじん、たまねぎ、じゃがいもレシピ』（光文社）、『かけ焼きおかず かけて焼くだけ！至極カンタン！アツアツ「オーブン旨レシピ」』（グラフィック社）など。

山本隆博（@SHARP_JP）
フォロワー50万を超える、家電メーカー・シャープの公式ツイッター運営者。時にゆるいと称されるツイートで、ニュースやまとめ記事になることが日常に。企業コミュニケーションと広告の新しいあり方を模索しながら、日々ツイッター上でユーザーと交流を続けている。漫画家コミュニティ「コミチ」で連載も。

よなかくん
一九九五年生まれ。文芸サークル「よるのさかな」ポンコツ主宰。気配を消すのが得意。戻し方は知らない。

装丁／装画

大平虹綺（おおひら　にき）
一九九六年、東京生まれ。
犬と絵本が大好きなデザイナー。夢見る二十三歳（当時）。

五[1]分[2]を考える

山下　哲

変[16]身をしてウルトラマンでいられる時[10]間[31]は三[19]分[2]間[31]。カップの即[17]席麺[32]が出[18]来上[22]がるまでは三[19]分[2]で、ボクシングも1ラウンド三[19]分[2]。キューピーのクッキングといえば、もちろん三[19]分[2]。1970年[33]からしばらく、電話[35]の市内通話[35]料[4]金は三[19]分[2]で十[30]円[36]だった。昭[11]和の歌謡曲[37]は一[27]曲[37]の長さが三[19]分[2]前後[34]という印[29]象[13]がある。近年[33]の楽曲[37]では東京事[23]変[16]の『能動的[38]三[19]分[2]間[31]』というナンバーが非常[9]に格好[39]良[21]い。かように、三[19]分[2]は人[6]人[6]に好[39]評である。

　それに引[15]き換え、五[1]分[2]。「五[1]分[2]と言えば？」と問[24]われて即[17]答[40]できるだろうか。……カップうどん、か。麺[32]が太い分[2]、待つ時[10]間[31]が二[41]分[2]増える食料[4]品しか思[25]いつかない。

　ああ、なぜ三[19]分[2]ばかり人[6]気[42]があるのだろう。時[10]刻[43]を語[46]る上[22]で、五[1]分[2]

は大事[23]だ。時[10]計[45]盤には、円[36]を十[30]二[41]等[47]分[2]する目印[29]が五[1]分[2]ごとに刻[43]まれている。これを三[19]分[2]ごとにしたら印[29]が二[41]十[30]個になってしまう。そんな時[10]計[45]は不[14]便だろう。

そもそも数[44]字[26]として五[1]は不[14]人[6]気[42]なのだろうか。五[1]割引[15]きセールは嬉しいくせに。日常[9]的[38]に使[12]用している十[30]進法では切り良[21]い数[44]なのに。五[1]は濁音[7]である。これは中[28]中[28]、分[2]が悪[5]い。雰囲気[42]が暗い。受けが良[21]くない原因[3]はこれかもしれない。三[19]は英語[46]のSUNと発音[7]が似ている。明るくて平和[11]だ。申[20]し分[2]ない。因[3]みに三[19]を使[12]った四字[26]熟語[46]には、三[19]位一[27]体、二[41]人[6]三[19]脚、三[19]十[30]六[50]計[45]、等[47]がある。いい。悪[5]印[29]象[13]がない。五[1]はどうだろう。五[1]臓六[50]腑、五[1]里霧中[28]。あまり心[48]象[13]が良[21]くない。残[49]念。五[1]分[2]を助けようと思[25]慮したが、文字[26]数[44]不[14]足[8]である。心[48]残[49]りだがここまでだ。五[1]分[2]よ、申[20]し訳ない。

最後[34]に、これはパズルなので問[24]題を出[18]す。

【十[30]に一[27]を足[8]してそこから六[50]を引[15]いた数[44]を答[40]えよ。】

こたえ（五）

1 五
2 分
3 因
4 料
5 悪
6 人
7 音
8 足
9 常
10 時
11 和
12 使
13 象
14 不
15 引
16 変
17 即
18 出
19 三
20 申
21 良
22 上
23 事
24 問
25 思
26 字
27 一
28 中
29 印
30 十
31 間
32 麺
33 年
34 後
35 話
36 円
37 曲
38 的
39 好
40 答
41 二
42 気
43 刻
44 数
45 計
46 語
47 等
48 心
49 残
50 六

五分たって、雨がやんだら何をしようか。

ネコノスの本

雑文御免

浅生 鴨 著

これまで雑誌、ネットメディア、SNSなどの各所へ書いてきたエッセイ、ダジャレ、インチキ格言、短編小説、回文、エッセイ集『どこでもない場所』に収録できなかった掌編などを一処へ集めた著者初の無選別雑文集。

ISBN 978-4-9910614-0-0 C0195
A6文庫判 三八四P 定価 九〇〇円＋税

うっかり失敬

浅生 鴨 著

「文学フリマ」用に、これまで各所で書いてきたさまざまな小文を集めてまとめた雑文集。あまりの量に、第一弾の『雑文御免』だけでは全く収まりきらず、しかたなくの第二弾。エッセイ集『どこでもない場所』に収録できなかった掌編も掲載。

ISBN 978-4-9910614-1-7 C0195
A6文庫判 三八四P 定価 九〇〇円＋税

相談の森

燃え殻 著

文春オンラインの人気連載「燃え殻さんに聞いてみた。」を待望の書籍化。生きている限り、人はいつだって悩んでいる。そんな悩みの一つ一つに、自身も迷いながら答える燃え殻の「人生をなんとか乗りこなす方法」を大公開。なぜかホッとする回答の数々。六十一篇のQ＆Aを収録。

ISBN 978-4-9910614-5-5 C0095
B6変型判 二二四P 定価 一五〇〇円＋税

ネコノスの本

浅生鴨／小野美由紀
川越宗一／古賀史健
ゴトウマサフミ／スイスイ
高橋久美子／田中泰延
永田泰大／幡野広志
燃え殻／山本隆博

異人と同人

さまざまな分野で活動する「書き手」が一同に集まったアンソロジー集。『熱源』で第一六二回直木賞を受賞した川越宗一による短編『スヌード』、『伴走者』で第三五回織田作之助賞候補となった浅生鴨による短編『ホイッスル』なども収録した多彩な一冊。

ISBN 978-4-9910614-2-4 C0093
B6判 一五六P 定価二〇〇〇円＋税

市原 真
サンキュータツオ
牧野 曜 著

まちカドかがく

ポッドキャストの人気サイエンス・トーク番組『いんよう！』から生まれた伝説の同人誌を文庫化。牧野曜、市原真による小説やサンキュータツオによる「お笑い文体研究」など専門的な話題を興味のない人へ届ける『いんよう！』ならではの、ユニークな世界がぎっしり詰まった必読の一冊。

ISBN 978-4-9910614-6-2 C0195
A6文庫判 五四四P 定価一七〇〇円＋税

雨は五分後にやんで

浅生鴨・編

著者

浅生 鴨　今泉力哉　岡本真帆　小野美由紀　河野虎太郎
古賀史健　ゴトウマサフミ　今野良介　スイスイ　高島 泰
高橋久美子　ちえむ　永田泰大　野口桃花　幡野広志
山下 哲　山田英季　山本隆博　よなかくん

©2021 Kamo Aso, Rikiya Imaizumi, Maho Okamoto, Miyuki Ono, Kotaro Kono, Fumitake Koga, Masafumi Goto, Ryosuke Konno, Suisui, Kumiko Takahashi, Hironobu Tanaka, Chiem, Yasuhiro Nagata, Momoka Noguchi, Hiroshi Hatano, Satoshi Yamashita, Hidesue Yamada, Takahiro Yamamoto and Yonakakun.

二〇二一年十二月十七日　初版一刷発行

発行人　大津山承子
発行所　ネコノス合同会社
郵便番号一五四―〇〇一一
東京都世田谷区上馬三―一四―一一
電話　〇三―六八〇四―六〇一一
FAX　〇三―六八〇〇―二一五〇
印刷　シナノ印刷株式会社
製本　株式会社宮田製本所
制作進行　小笠原宏憲
編集　浅生鴨
　　　茂木直子
　　　よなかくん
編集協力　斉藤里香
装画　大平虹綺

定価はカバーに記載しています。
本書の無断複製・転写・転載を禁じます。
落丁・乱丁本は小社までお送りください。
送料当社負担にてお取替えいたします。

neconos

Printed in Tokyo, JAPAN　ISBN 978-4-910710-00-6　C0195